Ⓢ新潮新書

五木寛之
ITSUKI Hiroyuki

背進の思想

941

新潮社

背進の思想……目次

第一章　無意識の声に耳を澄ませる

第二章　記憶の足音が聞こえるとき

第三章　仕事は日々の雑事の積みかさね

第四章　デジタルよりもモノは語る

第五章　言葉に尽くせぬこともある

第六章　幻想のポストコロナへ

第一章　無意識の声に耳を澄ませる

「背進」という適応方式

朝食をたべながら新聞を読む。

なんとなく古い昭和期のライフスタイルだが、新型コロナの流行以来、夜型から朝型の生活に変ったので、すっかり定着してしまった習慣である。

先日、『スマホ脳』という本（新潮新書／アンデシュ・ハンセン著／久山葉子訳）の紹介がでていて、なるほど、と感心しながら読んだ。

書評というのは難しいもので、なるほど、こいつはぜひ買わなければ、と思ったり、逆に、そうか、なるほど、そういう本なのか、と納得して読んだ気になってしまう紹介もある。

買って読まなくてもわかる、というのは、なんとなくお得感があるのだ。しかし、それでは版元は困るだろう。その匙加減がプロの技というものだ。

『スマホ脳』の紹介によると、いま成人の大多数は一日平均四時間もスマホを見ているという。若者にいたっては、一日七時間もスマホに集中している層が二割に達するらしい。

その結果、スウェーデンでは九人に一人が抗鬱剤を使用しており、睡眠障害の若者が二十年間で八倍に増えたというのだ。

『スマホ脳』の著者はスウェーデンの精神科医だそうだから、信用できる話にちがいない。本のなかでは人類の本性から説をおこし、手でものを書く能力から読むことの大事さにまで触れているというではないか。これは書評でわかった気になっているだけではだめだ。ぜひ書店にいって一冊買ってこなければ、と思った。

しかし、緊急事態宣言にもかかわらず、街はなんとなく人出が多い。ことに書店は、なぜか混んでいるのだ。高齢者としては決死の覚悟で書店におもむかねばならない。

若い人ならアマゾンで、となるのだろうが、こちらは本を手にとってパラパラ、ページをめくり、匂いをかいでからレジに持っていく旧世代である。

そういえば先日、コンビニで週刊誌の目玉記事だけ立ち読みしようかと手にとったら、ビニールテープでしっかりロックダウンされていた。立ち読みすらできない時代になったのだ。

私が持っているガラケーは、ほとんど電話をかけるだけの道具である。外出するときには持っていかないし、ふだんは電源を切ってある。

原稿はコクヨの四百字詰め原稿用紙に万年筆で書いているし、辞書はおおむね活字版である。パソコンは使わない。昔でいうなら〈読み・書き・算盤(そろばん)〉のすべてを放棄したようなライフスタイルだ。不自由なことは多いが、それでも生きていくのが困難なほどではない。

しかし、時代は刻一刻と変化していく。レジの前で小銭をかぞえていると、レジの人と後ろに並んでいる客の苛立ちを肌で感じるのである。やはり時代には対応しなければならないのだろうか。

私が五十年来の深夜生活を朝型に切り替えたのは、偶然ではない。私はコロナ到来とともに、世界が夜型から朝型へと転換するだろうことを体で予感していたのだ。

第一次世界大戦以後、パリも、ロンドンも、ローマも、ベルリンも、都市はつねに夜に花開く街であった。不要不急の人びとが夜の街にあふれた。それがいまはゴーストタウンである。

フクロウもミミズクも、夜中に飛ぶわけにはいかなくなった。

スマホは諸刃(もろは)のヤイバである。それと共生しなければ生きていけない時代がやってきたのだ。高齢者だからといって、ガラケーに固執しているわけにはいかないのである。

私の知人のあるジャーナリストは、電子機器が苦手だった。

「パソコンやスマホの達者なアシスタントを使いこなせばいいんだよ」

と、いうのが口ぐせだった。メールは読ませるし、打つほうは口述で打たせる。しかし、やがて彼はそれをやめた。

「やっぱり人間は機械じゃないんだよな」

と、いうのが彼の感想だった。

生きていくつもりなら、時代に適応しなければならない。デジタルの時代には、デジタルな人生観が必要なのである。

適応する、ということは前へ進むということだけではない。ときには反時代的な生き方を選ぶのも、適応の一つの方式なのである。私はそれを「背進」と呼んでいる。うしろを向きながら前へ進むのだ。

一時期、〈断捨離（だんしゃり）〉という言葉が流行した。いまでも「生活を簡素化」することのすすめという記事をよく見かけることがある。

しかし、モノを捨てることだけが人間の生き方なのだろうか。ゴミの山に埋もれた生活からは、なにも生まれてはこないのか。

人間の文化とは、何千年、何万年の記憶の集積の上に成り立っている。いわばゴミの山に埋もれていまの時代があるのだ。

「捨てる」という生き方が推奨された時代もあった。しかし、モノを捨てたところで、私たちは無一物の姿にもどれるのだろうか。

私はある時から不要なものを捨てることをやめた。お陰で身の回りはガラクタの山、ゴミの山である。

私の考えでは、そもそも所有ということが無意味なのだ。自分の周囲にあるすべてのものを自分のものと考えること自体が錯覚ではないのか。

過去の記憶もそうだ。私は自分が育った昭和という時代の記憶を忘れたくない。決してガラクタを捨てまいと、ひそかに心に誓っているのである。

アンコンシャス・バイアス

先日、ひさしぶりに横浜で講演をした。パシフィコ横浜という巨大な建物のなかの会議場である。

新型コロナの蔓延以来、こういう催しがパッタリ途絶えたが、最近、世間がしびれを切らしたのか、ときどき十分な配慮をした上で敢行する主催者も出てきたのだ。今回は「日本精神科医学会学術大会」という大がかりな学会である。

私がその事を仕事仲間に話したら、

「それは作家が変り者の典型として呼ばれたんだよ。患者の話を聞こうというのさ。できるだけおだやかに振舞ったほうがいいぞ」

と忠告された。

私は横浜の住人だが、パシフィコ界隈にはあまり行ったことがない。巨大なビルが乱立して、ＳＦ映画にでも出てきそうな一画である。

講演の前に、控え室で主催者のスタッフが恐縮しながら、

「失礼ですが、いくつかの質問にお答えいただけますか。今回は特にコロナ対策に万全の措置を講じておりますので」

と、一枚の書類を手にチェックをはじめた。さすがに医学会の催しである。コロナ防止のために万全の態勢をととのえるのは当然のことだ。

「えー、申告(一)は、過去十四日間の行動についてお伺いいたします。イエス、ノーでお答えください」

「ちょっとその書類を見せてもらえますか」

「ハイ、どうぞ」

手にとって見れば「健康状態申告書」とある。なるほど。こういう会を強行する以上は、相当の警戒措置を講じるのが当然だろう。講師とて例外は許されないのだ。

〈過去十四日間の行動について〉

というのが第一項だ。

〈新型コロナウイルス感染者と接触したことがある〉

これはノーと答えるしかない。たしかにこの二週間のうちに、出版関係者数人と接触

している。次に出る本の打合わせだった。しかし、ちゃんとマスクはしていたものの、相手が陽性か陰性かは判別できない。

「あなた、コロナに感染してはいないだろうね」

などと挨拶するときに聞くわけにもいかないではないか。とりあえずノーと答えておく。

〈海外に渡航したか〉

岡山には行ったが、あれは海外ではなく県外だ。これもノー。

〈申告㈡　学会参加時の健康状態について〉

〈三十七・五度以上の発熱、あるいは平熱より一度以上の発熱があるか〉

私の平熱は、おおむね三十六度二分前後である。念のために計ってもらったら、三十六度三分だった。

〈咳や倦怠感、その他の症状があるか〉

やや緊張気味なのは、講演前だから当然だろう。倦怠感などがあっては演壇には立てない。

〈嗅覚異常や味覚異常があるか〉

出されたコーヒーを一口飲んでみる。インスタントコーヒーではないと判断。ノーである。

〈学会参加時に上記項目のいずれか一つでもＹｅｓに該当する場合や、会期中に上記申告㈡の症状が出た場合か新たに発生した場合は、直ちに運営事務局に申し出て、以降の学会への参加については運営事務局の指示に従います〉

署名、所属、携帯番号は、署名のみにしておく。日本文藝家協会とか、ペンクラブ会員とか書くのは、なんとなく照れくさいのだ。携帯電話は持ち歩かないので無視。

「お手数おかけしました。ご協力ありがとうございます。とくに持病とか、おありにならないですよね」

「変形性股関節症と、夜間頻尿がありますけど」

「では講演開始前にお手洗いにご案内いたしましょう」

と、いうことで無事にパス。これくらいやらなければ、当然、大人数の催しなどできないのだ。さすがにプロらしい万全の応対に安心した。

定刻になって演壇に上る。聴衆は相当ひかえ目だ。ソーシャルディスタンスも必要以上にとってある。

演題は「アンコンシャス・バイアスについて」。

私は学問には縁のない一介の娯楽小説の作者である。洒落のつもりでつけた演題が、文字になると、まともな話のようにきこえる。

バイアスとは、要するに思いこみのことだろう。人はだれでも意識下に厄介なものを抱えている。先入観、偏見、固定観念、差別心、勘ちがい、迷信、その他もろもろの刷り込みが骨がらみになっていて人の行動や発言にバイアスをかける。ねじれ、でも、歪み、でもある。

森喜朗さんの「女性は——」云々の発言は、そのアンコンシャス・バイアスがつい表面に顔をだしたということだろう。私はあのニュースが話題になったとき、「わが内なる森喜朗」を改めて痛感せざるをえなかった。

新人の頃、ある偉い評論家に「おんな子供向けの小説を書いている」と言われて腹を立てた事があったが、「巨人、大鵬、卵焼き」とか「おんな子供」の感覚は、私の意識下に根づよく居坐って離れない。頭ではわかっているが、その下に厄介なものがある。

そんな話をするつもりだったが、うまくいかずに「なぜ私は長年、病院にいかなかったのか」という下世話な話になってしまった。
反省することしきりの一日だった。

害意とコミュニケーション

夜型人間から朝型人間に転向して、変ったことは？　とよく聞かれる。

何が変ったのかと考えてみると、根本から変化したものは何もないことに気づく。人間、暮らしのスタイルが変ったぐらいで、そうそう変るわけがないのだ。

朝、食事のあとに近所の公園を十五分ほど歩くのが日課になった。べつに運動というほどの散歩ではない。何歩あるいたか、歩き方はどうか、などと考えたこともない。ただぶらぶらと歩いているだけなのだ。散歩というより、漫歩といったほうがいいだろう。雨の日は休むし、日によって歩くコースを変更したりもする。

先日、歩いている途中に、ふと面白いことを考えた。

公園の道には、左右にいろんな木が植えられている。

その散歩道に、白い鳥と、黒い鳥とが交互に群れている。白いほうはハトで、黒いのはカラスだ。

両方が一緒に群れることがないのはどういうことだろう。ハトの日にはハトだけ、カラスの日にはカラスだけ。

〈きょうはカラスの日か〉

などと呟きながらそこを通り抜けようとすると、日によってバタバタと飛び立って逃げる時と、平然とこちらを気にせず、ただ道をあけて居坐っている時とがあるのだ。

ハトもカラスも同じ反応を示すのが不思議だった。なぜ逃げる日と、平然と居坐る日があるのか。

歩きながらいろいろ考えてみた。ハトもカラスも敏感な鳥である。こちらが何か害を加えようと意識していると、それを直感的に感じとるのだろうか。それとも私の歩行の仕方に問題があるのだろうか。

いろいろ試してみると、なんとなく納得できるところがあった。

まず、こちらの心理である。散歩しているのに邪魔をするな、道をあけろ、などと内心、思っているとサッと飛び立つことが多い。

何か考えにふけって、彼らを無視するというか、ほとんど路傍の石ころのように気にもかけずにいると、意外にそのまま逃げずに居坐っているのだ。

〈そうか。彼らを意識すると逃げるのか。ぜんぜん気にせずに無視していればいいのか〉

と、何か大発見でもしたような気分になった。こちらが無視すれば、向うも無視するというわけだ。

しかし、それが必ずしも確実というわけでもない。ときにはバタバタと一斉に逃げていくこともある。

そこで一計を案じて、心の中で連中に話しかけてみることにした。

〈やあ、きょうはいい天気だなあ。そっちも気分がいいだろう。日光にちゃんと当ると、ビタミンDが増加するらしいぜ。お互い、なんとか生きのびていこうじゃないか〉

などと、笑顔こそ作らないが彼や彼女らに対して声に出さずに話しかけるのだ。

すると、おどろくべきことに、道路に群れて私の歩行をさまたげているハトやカラスたちが、ちょっと私の道をあける程度に移動して、そのまま逃げずに居坐っているではないか。

私は少からず興奮した。

こちらに害意がないことを鳥たちが感じると、そこに人間と動物のコミュニケーションが成立するのだ。ネコや犬、ウマたちと同じように、連中もこちらの心理を察することができるのだろうか。

これなら鳥たちだけでなく、周囲の樹々や草たちとも交感できるかもしれない。それはひょっとすると歳をとった人間だけに可能な能力なのかも。

私はその日から、自然や動物と交感できる仙人にでもなったような気分で朝の散歩にでかけるようになった。

ある朝、向うから大きな犬を連れた男性がやってきた。太いロープにつないであるところからみると、相当に獰猛な犬らしい。

私は早速、近づいてくるその犬に、声に出さないメッセージを送った。

〈やあ、そっちも朝の散歩かね。きょうは涼しくて気分のいい日だよなあ〉

私としては精一杯の好意的なメッセージを送ったつもりである。そのお返しに、彼は尻っぽを振って答えるだろうと予想していたのだ。

ところが何と、無礼にもその犬は私に対して、地鳴りのような低い唸り声を発しつつ、汚い歯をむきだしにして威嚇しようとしたのである。

〈バカ犬め！　そっちには世界の平和的共存の道を探ろうという意志もないのか〉

私はその犬を連れている人物に怒りの表情を示しながらすれちがった。嚙まれはしなかったが、かなり緊張したのは事実である。

〈ハトやカラスにも劣るやつだ〉

と、私は思った。

私は子供の頃から人一倍、犬が好きだった。仲よくしていた犬が亡くなった命日を今でもおぼえているぐらいだ。

翌日の朝、私はいつものように短い散歩に出かけた。初秋らしい気持ちのいい日で、道路にはカラスたちが気持ちよさそうに群れていた。私は早速、彼らに声に出さない挨拶をした。ところがどうだろう、連中はまったく私の挨拶を無視してバタバタと飛び去ってしまったのである。世界の平和は束の間のものなのだ、と痛感した朝だった。

世界は悪意にみちている？

世界は悪意にみちている。そう思うことがある。

朝、なんとなく目を覚まして枕元の時計を見ると、その日の起床時間の予定をはるかに過ぎている。大事な約束があって、前の晩にしっかり目覚しのタイマーをセットしておいたはずだ。それが三十分以上オーバーしていながら鳴らなかったのだ。

焦ってたしかめると、アラームのボタンがＯＦＦになっている。ちゃんとＯＮにして寝たつもりだったのに指が滑りでもしたのだろうか。

ベッドからとび起きた瞬間、壁際の読書燈スタンドに頭をぶっつける。身をよじったはずみに、ベッドサイドテーブルの上の水のはいったコップが引っくり返った。読みさしの新刊書が水びたしになっている。

時間がないので、そのままにしてズボンをはく。靴下はどこへいったのか。昨日、まるめて椅子の上に投げて置いたはずだったのに。

シャツやネクタイなどで身なりをととのえるいとまはない。このところずっと着っぱなしの黒のセーターをかぶると、前後が逆になっている。

腕時計はどこだ。やっと洗面台の端でみつけると、こんどは老眼鏡がない。昨夜、机の上に手帳と一緒に置いておいたつもりだったのに、なぜそこにないのか。時間は刻々と過ぎていく。

老眼鏡は持っていかない事にする。どうせ打ち合わせだけだから、必要ないのではあるまいか。急いで靴をはき、コートを着る。ポケットに手を入れて探ると、千円札が一枚もないことに気づいた。パスモが使えるからいいか、と納得して出発する。約束の時間まであと十五分。

通りへ駈けだしてタクシーを待つが、ぜんぜん空車が来ない。必要のないときには続々とやってきて、待っていると来ないのがタクシーだ。やっと来た空車をみつけて、道路にとび出して手を振ると、クラクションの嵐。

なんとか拾ってもらって行先を告げると、ナビゲーターを操作して、

「ちょっと渋滞してますね」

「時間におくれそうなんだよ。そこをなんとかお願いします」

なんとか五分おくれで約束の会場に駆けこむと、エレベーター前に行列ができている。なにか粋な催しものでもあるらしく、和服姿のご婦人がたが和やかに談笑なさっているのだ。

やっとエレベーターが到着。

「お先にどうぞ」

「いえ、いえ、そちらさまからどうぞ」

と、ご婦人がたがゆずり合っておられる隙間をぬってエレベーターにすべり込む。なんとエチケットを知らない田舎者か、という視線を浴びつつ目的の階のボタンを押すと、エレベーターはゆるやかに地下へむかって沈下しはじめた。下りのエレベーターに乗り込んでしまったのだ。

照れ隠しに地下一階で降りる。すぐに上に向かうのは恥ずかしいので、一、二台、やり過ごして、あらためて上りのエレベーターにとび乗ったときには、約束の時間を十分以上過ぎていた。

「すみませーん」

と、米つきバッタのように低頭しながら会場にはいると、若い男性と女性の二人がぽつねんとアクリル板を立てたデスクの前に坐っている。

「申し訳ありません。ちょっと事情がありましておくれました。皆さんがたはもう——」

「いえ、こちらもセッティングに時間がかかっておりましたもので、いまようやく準備が終ったところでして」

「それはどうも。で、皆さんがたは？」

「皆さん、といいますと？」

「いや、本日の会議にご出席のかたがたはどちらに——」

「きょうはリモート会議ですから、ここは先生おひとりです。どうぞカメラの前にお坐りになってください」

「えっ、リモート打ち合わせなんですか」

「よろしければマイクをおつけします」

と、女性のスタッフが上衣をめくる。

「写らなければいいんじゃない？」

と、急に脱力する私であった。

「ここに本日の打ち合わせのテーマがまとめられておりますので、ご一読ください」

差しだされた資料が横組みの細字である。

手にとって眺めてみるが、字がぼやけて判読できない。老眼鏡をと内ポケットをさぐって、部屋に置いてきたことを思い出した。

「内容はあらかじめ伺ってますから」

と、ごまかそうとすると、

「はあ、それが方針が変りまして、違うプランですすめさせて頂くことになりましたものですから。ご面倒でも、簡単に目を通していただけませんでしょうか」

と、若いに似合わず押しのつよいスタッフである。仕方なしに、書類をひろげて読んでいるふりをする。

「えーと、このB項につきましては、ご意見、いかがでございましょうか。事前に確認しておくように、とのことですが」

「いいんじゃないですか。適当にやりましょう」

と、なかばやけくそな一日のはじまりであった。たしかに世界は悪意にみちている。

ネクタイの長さと男権意識

道教研究の大家でいらした故・福永光司先生から、こんなことを伺ったことがあった。
「倭（わ）というのはですね、道端にしゃがみこんで何かぶつぶつ喋ってるような人たちをいうんです」

その言葉を思い出したのは、先日、ある地方の空港でトイレに入ったときのことである。男性用のトイレの、俗に朝顔と称されている設備が満員だったので、個室に入ったのだ。すると、めずらしいことに、和式の便器だった。もちろん水洗ではあるが、椅子式の便座ではない。床にしゃがんで用を足す古風な設備である。

それを目にしたとき、なんとなく懐しいような気持ちになった。ベルトをゆるめてズボンをおろし、しゃがもうとするが、これがなかなか難しい。

体が固くなっているうえに、変形性股関節症という厄介な症状を抱えているのだ。すでに私たちは倭としての資質を失ってしまっているのだろう。

私はこの数年来、洋式水洗トイレでの男性の小用の姿勢について深い関心を抱いてきた。

ひそかに調査をすすめたところでは、若い人たちのなかには、ズボンをさげて坐る男性がかなり増えてきているようである。しかし、中年以上の層では、相変らず立位で用を足す同志が大勢を占めているようだ。

小便をするのにわざわざ便座に腰かけてズボンをずりさげるのは、面倒という感じだろう。いや、それ以上に古い男性意識が坐ることを拒(こば)ませているのではあるまいか。トイレの中でぐらい「オレは男だ」式の自己満足にひたりたい潜在意識がはたらいているのでは、と思う。

先日、アメリカの犯罪サスペンス小説を読んでいたら、気になるエピソードが出てきた。ご存知、マイクル・コナリーのハリー・ボッシュものである（『死角』THE OVERLOOK　古沢嘉通訳／講談社文庫）。

主人公の古参刑事が、若いパートナーに昔の話をして聞かせるくだりだ。

「(前略) その場所は綺麗に指紋を拭い取られていたんだが、トイレの便座が上がっていた。そのことで、男が犯人として捜(さが)された」

トイレの便座が上がっていたということは、アメリカでも男がそれを使ったということになるらしい。しかも、犯人は小便をするときに、壁に手をついた跡があった。その掌紋（しょうもん）の高さを測定することで、男の身長を割りだすことができたというのである。しかも、犯人が左利きであることもわかった。古参刑事は言う。

「なぜなら壁の掌紋は右手の掌紋だったからだ。小便をしているあいだ、男は自分のブツを利き手で支えていた」

片手を壁につき、もう一方の手でブツを支える。洋式トイレで旧世代の男性がよくやる姿勢である。洋の東西を問わず、男は立ったまま用をたし、便座をちゃんとおろさないもののようだ。私がトイレで観察したところでは、わが国の男性はおおむね右手でジッパーをおろし、左手でブツをホールドする傾向にあるようである。使用後、便座をちゃんとおろさない男たちも多い。うしろめたいところのある人は、必ず便座をおろし、壁には手をつかないように心がけるべきだ。

〈元始、女性は太陽であった〉

と宣言したのは平塚らいてうであったが、私の思うところでは、元始、女性は立って小用をしていたと思う。私の郷里、九州の山村では、戦後も道ばたで立ったまま用を足す婦人たちがいた。用後、二、三度、腰をふって、悠然と歩き去るのである。たぶんノーパンだからこそ可能なパフォーマンスだっただろう。

男性と女性の問題は難しい。立てまえ論では片づかない部分がある。

たとえば痴漢の問題などもそうだ。

私は小学生の頃、電車のなかで年上の婦人から痴漢、ではない、性的なハラスメントを受けたことがあった。その時のことが忘れられずに、またあの女の人に会えないものかと、電車の同じ場所にいつも立っていた。もちろん、その期待は無駄に終ったが、いまでもときどき懐しく思い出すことがある。

痴漢をセクハラとされるのは、たぶん現在の社会が圧倒的に男性優位の構造をもっているからだろう。男女同権などと言ったところで、世の中を支配しているのは依然として男である。

女房の尻にしかれてね、などと口では言っても、支配者が男性であることは、戦前も戦後も変りはない。

一時期、世界各国のリーダーが女性だった時代があった。いつのまにやら再びマッチョな大統領や首相が目立つようになってきた。彼らを見ていると、ネクタイの長さと男権意識とは比例しているような気がする。

ネクタイはペニスの象徴だ。前米大統領のベルトのうんと下までくるような長いネクタイは、おのれの男性を誇示しているのではないか。

ネクタイの結び目は、自分のタマタマと相似関係にある。ウインザーノットなど、やたら大きく結ぶ人は、デカブツに見られたい無意識の願望があるのだろう。では、ちょこんと極端に小さく結ぶ人はどうなのか。そのへんまでは私の考察の及ぶところではない。

いずれにせよ、あまりに長いネクタイは問題だ。用を足すときに飛沫がかからないかと気になって仕方がない。やがてすべての男性が倭の伝統にかえり、坐って用を足す時代がくるのだろうか。

意識下の偏見を表す言葉

このところ新聞を読んでも雑誌を読んでも、カタカナ英語の新語がやたらと増えた。それに反撥しているだけでは、文章の意味がわからない。仕方がないので、できるだけ憶えるようにするのだが、加齢で硬化した頭には限界がある。

〈デジタル　トランスフォーメイション〉ぐらいまでは、なんとかなるが、後から後から波のように押しよせるカタカナ言葉には、とうてい太刀打ちできない。

最近、頭をひねったのは、〈ミソジニー〉という言葉だ。味噌だか醬油だか知らないが、妙な感じのする単語である。たぶん英語にちがいないと見当をつけて辞書を引いてみると、すこぶる簡単に〈女嫌い〉と出ていた。

女嫌いの男性のことを〈ミソジニスト〉ともいうらしい。

女嫌いの男がミソジニーなら、女好きの男性はショーユジニーか、などとくだらぬことを考えながら頭に押しこんだ。

そのうちミソジニーという言葉が出てくる記事や解説を読まされているうちに、少しずつその言葉の意味するところがわかってきた。

いま用いられているミソジニーという表現は、どうやら単なる「女嫌い」ということではないらしい。いわゆる「わきまえない女性たち」「男たちの期待を跳ねかえす女たち」に対する無意識の反撥、嫌悪を指摘しているところがミソなのである。

カタカナ表現を借りるなら、いわゆるアンコンシャス・バイアスだ。

私たち男性は、意識では気のきいたことを口にしていても、意識下の深いところで骨がらみになった偏見を抱えている。それは何世代にもわたって相続された偏見で、無気味なほどに根深いものだ。

本能といってもいいし、感情といってもいいだろう。一カ月や二カ月、思想改造の学習を受けたくらいでは、ビクともしない根深い偏見である。いや、いまでこそ偏見というが、つい先ごろまでは常識として通用していた感覚だから厄介だ。

連合の会長に女性がなったとき、世の大半の男性たちは一瞬「大丈夫か」と思ったことだろう。私もその一人である。だが、すぐにサッチャー、メルケルの顔を思い出して自己批判した。

しかし、その自己批判は、意識下の世界にまではとどかない。ミソジニーとは、そこを指す表現だろう。単なる「女嫌い」ではなく、男性と平等に生きようとする女性、「わきまえない女たち」に対する意識的、無意識の反撥なのだ。

女性をまじえた焼肉会食の席などで、甲斐がいしく箸ばたらきをする女性がいる。

「あ、そのカルビ、もうちょっと火を通したほうが――」

などと言いながら、

「はい、これで大丈夫」

と、こちらの皿に乗せてくれたり、

「キムチ、いかがですか。おいしいですよ」

と、皿を回してくれたりする。

私は食べものに関して人から指図されるのが嫌いなタチなので、

「勝手にやるからいいです。焼肉てんでんこ、で」

と言ったら、

「てんでんこ、という表現をこんな場で使うのは不謹慎でしょう」

と、叱られた。たしかにその通りだ。深く反省しながら食べる焼肉は、いま一つだった。

私は若い頃、作詞家の星野哲郎さんと同じ会社で仕事をした時期がある。

星野さんは日本の歌謡曲の世界を成熟させた天才である。その星野さんに『雪椿』という歌がある。歌い手はご存知、小林幸子さん。

〽やさしさとかいしょのなさが
裏と表についている
そんな男に惚れたのだから
私がその分がんばりますと
背(せな)をかがめて微笑み返す
花は越後の　花は越後の雪椿

うーん、みごとな詞だ。しかし、この歌の男性像、女性像を、どうとらえるかが問題だろう。

ある友人は、これを女性讃歌だと激賞した。うっとりと遠くを見る目をして、

「男の理想って、こういう女とめぐり合うことだよなあ」

とつぶやく。しかし、逆にこの歌に腹を立てる女性もいた。

「なんか封建的な感じがしない？　こういう女のひとを讃美する発想がイヤだな」

カシアス・クレイ、のちのモハメッド・アリにインタビューをした事がある。そのとき彼は「差別は言葉の問題だ」と力説していた。

「ブラックメール、ブラックリスト、ブラックマーケット、その他どれをとっても黒は悪、白は善というイメージだ。その言語を使う限り、黒人差別はなくならない」

私たちの日常の言葉にも、いろんな表現がある。ふだんなにげなく口にしている表現は、私たちの意識下の偏見の土台になっているのかもしれない。

私自身、体にしみついている男性観、女性観は、バイアスにみちみちている。子供の頃から、そのような環境で育ってきたのだ。せめてミソジニーの自覚だけは忘れないようにしようと反省した今日この頃でありました。

第二章　記憶の足音が聞こえるとき

くやしき事のみ多かりき

薄情なようだが、母親のことを思い出すことがあまりない。

命日はおぼえているが、生年月日とか、亡くなったとき何歳だったのかなど、はっきりした記憶がないのである。

戒名というか、法名というか、没後何年かしてつけて頂いた名前はおぼえている。帰貞釈尼妙宗信女、というのだ。戒名にもランクがあるそうだが、ごく普通の戒名だろう。

私の母は九州福岡の山村の出身だった。勉強が好きだったのか、当時の女子師範学校を出て、小学校の教師になった。

そのことぐらいは知っている。どこかの小学校に勤めているとき、教師として赴任してきた同郷の青年教師と結婚して、私が生まれた。

その辺の事情は、まったく知らない。早く世を去ったので、くわしく聞く機会がなかったのだ。

敗戦の年、夏の終りに母は死んだ。私は当時、中学一年生だった。もう少し彼女が長生きして、もう少し私が大人だったら、いろんな話も聞けただろう。今となっては、そのことが残念でならない。

女子師範学校の学生だった頃は、どんな本を読んでいたのだろうか。将来の夢はなんだったのか。私の父親とはどのようにして結ばれたのか。

結婚後も仕事は続けていたようだが、私の父と共に故国を離れて、外地へおもむく心境はどのようなものだったのだろう。

私が幼かった頃、母親は共働きで小学校の女教師をつとめていた。夕方おそくなっても母が帰ってこないときには、犬をつれて勤務先の小学校まで様子を見にでかけたりした。職員室の窓からのぞくと、何人かの同僚とともに職員会議をしている母親の姿が見えた。

帰ってくるときには、彼女はいつも大きな革のカバンをさげていた。中には生徒たちの試験の答案や事務用品などがつまっていた。

そんなわけで幼い頃の私の記憶に残っている母親の姿は、エプロンをつけて台所に立っているイメージではない。革のローヒールの踵をカツカツと鳴らして歩く、黒っぽいスーツ姿の職業婦人の姿である。

父親の本棚には本居宣長だの、賀茂真淵だの、平田篤胤だのと一緒に、火野葦平や吉川英治の小説などが並んでいたが、母親のほうは林芙美子だの、『小島の春』だの、森田たまの『もめん随筆』だの、モーパッサンの翻訳本だのがあった。

いまにして思えば、両親の仲は必ずしも絵に描いたような琴瑟相和(きんしつあいわ)した感じでもなかったのかもしれない。

詩吟を好み、酔うと『鴨緑江節(おうりょっこうぶし)』などをうたう父親とはちがって、日曜の午後などには廊下の隅のオルガンを弾きながら『この道』とか、『花嫁人形』とかを口ずさんでいた母親だったのだ。

両親からいろんな話を聞かせてもらえるのは、ふつうは何歳ぐらいからだろうか。たぶん十五、六歳ぐらいだと大人の話も理解できそうである。

両親が忙しかったせいか、それとも戦時下の緊張した時代だったためか、私はあまりそんな話を聞いたことがなかった。

戦後、それも随分たってから、母の教え子だったという女性から、一枚の写真が送られてきた。

その写真を見て、私はひどく驚いたものだった。

それは白い服を着て、テニスのラケットを持って笑っている若い頃の母の写真だったからである。

いつも地味な服を着ている母、夜おそくまで眼鏡をかけて試験の答案を採点している母親の姿が残っている私の記憶に、そんな若々しい母のイメージはまったくなかったからだった。

あれは私が国民学校の五年生か六年生ぐらいのことだったと思う。日曜の午後で、父親は武徳会の寄り合いがあるとかで家にいなかった。

縁側に腰かけて佐々木邦の少年小説を読んでいる私の横に、母親が並んで坐ると、

「お父さん、どこへいったと思う?」

と、きいた。

「武徳会の寄り合いがあるとか」

「嘘よ。競馬にいったのよ。わかってるんだから」

父親がときどき競馬場へいっているらしいことは、私も気づいていた。

母親はしばらく黙って庭のほうを眺めていたが、突然ぽつんと私にきいた。

「わたしが内地に帰ったら、ヒロちゃんはどうする？　ここに残る？　それとも、わたしと一緒にくる？」

「うーん」

母が何を言おうとしているのか、そのときはわからなかった。

「ぼくは中学にいって、それから幼年学校を受けるつもりだから――」

「そう」

と、母は言った。

「それじゃ、あんたは父さんと、ここに残るのね」

そのとき母が何を言おうとしているのか、私にはよくわからなかった。ふり返って思えば、両親のあいだにたぶんややこしい問題が発生していたのではあるまいか。

「母さんと一緒に内地へ帰る」

という答えを母は期待していたのだろうと、ふと思ったりする。昔のことは、後悔することばかりだ。

私は人に気のきいたアドバイスはできないが、親の話は早いうちにぜひ聞いておいたほうがいい。相続するのはモノだけではないのである。

オーバーシュートの体験

「蚤」という字をちゃんと「ノミ」と読める若い人は少ないようだ。

「蚤の夫婦、って、よく言うじゃないか」

「ノミの夫婦？　それなんですか」

といった感じで話が続かない。

「タン、ですかね、卵のことでしょ」

「それは字がちがう。卵のほうは、えーっと――」

思い出そうとしてもなかなか出てこない。

「とにかくこれはノミという字だ」

「ノミ、ねえ」

「体にたかる虫だよ。見たことないのか」

「ないですねえ」

「いま話題のカミュの小説にでてくるペストは、蚤が媒介するんだ」

「ペストはネズミからじゃないんですか」

「ノネズミにたかる蚤が人間にうつすんだ」

「へえ。見たことないなあ」

そこで蚤という生物について、ひと通り説明する。

「こんなに小さな虫でね、ピョンピョン跳ねるんだ。うんと血を吸うと体がふくらんで、あまり跳ねなくなる。刺されるとたまらなくかゆいんだ」

「いまでもいるんですか」

「野良猫なんかには沢山たかってるみたいだね」

話のついでに「虱」という字を書いて見せる。

「これは読めるかい」

「カゼ、ですかね」

「シラミ、って読むんだ」

「白身（しろみ）、ですか？」

「シロミじゃない。シ、ラ、ミ」

そこであれこれシラミについて蘊蓄を披露する。こういう話になると俄然いきいきしてくる自分が情けない。

「蚤はペストを媒介するんだが、虱はチフスをうつすんだよ。発疹チフスというやつだ」

「発疹チフス？　知ってます、知ってます。『アンネの日記』のアンネは発疹チフスで死んだんですよね」

「へえ、よく知ってるじゃないか。読んだのかい」

「いや、こないだ新聞にそのことが書いてあったもんですから」

「新聞を読むとはえらい。いつも読んでるのかい」

「いえ、不要不急の外出を自粛したら、ぜんぜん出る機会がなくて。このところ新聞を一日かけて読んでまして」

毎度の話で申訳ないが、私は敗戦後、外地から引揚げてくるまでの時期を、いまでいう難民として過ごしたことがある。密集して暮らしていたセメント工場で、発疹チフスが流行した。いまでいうオーバーシュートである。満州からの難民が持ちこんだといわれて、延吉熱とも呼んでいた。延吉は吉林省東部の町である。

潜伏期間が過ぎると体に赤い斑点がでて、すぐに死んだ。

この発疹チフスを虱が媒介すると聞いて、みんな虱とりに夢中になった。蚤は茶色っぽいが、虱のほうは乳白色をしている。肌着の縫い目のあたりに密着していて、一匹ずつつぶしていては間に合わない。爪でビューッと縫い目にそって押しつぶすと、爪が真赤になる。たっぷりと血を吸っているので、プチプチプチと小さな音がした。蚤が陽なら虱は陰といった感じだった。

オーバーシュート、などというとなんとなく今ふうの感じがするが、本当にいやな病気だった。

中国あたりでは戦後の引揚げが順調にいったところもあったらしい。しかし、北朝鮮はどういうわけか放置されたままだった。

発疹チフスで死ぬぐらいなら、と決意して脱北を試みるグループもいた。私たちも保安隊やソ連兵の目をくぐって、ピョンヤンを脱出し、昼は隠れて夜だけ歩き、徒歩で三十八度線をこえて南側へたどりついた。そのときは出発したときの半分以下になっていた。

開城(ケソン)の郊外の難民キャンプでしばらく暮らし、やがて米軍のトラックで仁川(インチョン)に送られた。そこからリバティ船という戦時型船舶で輸送され、博多港の港外に着いた。祖国は目の前である。これで助かったのだと、皆が泣いたが、一向に上陸が始まらない。

夜は博多の灯が見える港外に停泊したきり動かないのだ。ひそひそ話では、リンケンでチフスの患者がみつかったという。リンケンとはどういう字を書くのだろうか。臨時防疫検査のことかとも思ったが、とにかくリンケン、リンケン、と言っていた。

要するに船内に発疹チフスの患者がいたらしいのだ。そのためにスムーズに上陸できず、港外に止めおかれたらしい。一カ月も沖に停泊している船もあるという話だった。いずれにせよ勝手な噂が乱れとんで、このまま港外で発疹チフスで死ぬかもしれない、と言う人もいた。

聞いたところでは、夜に甲板から海に飛びこんで、泳いで上陸しようと試みた無謀な男もいたという。

不安と絶望に包まれた船内の空気を和らげようという意図か、日本人船員たちが慰安音楽会を催してくれた。喉自慢の若い船員が、「いま内地ではこんな歌が大流行しています」と前おきして、『リンゴの歌』を披露したが、あまり拍手する人もいなかった。

勝手に泳いで上陸しようとした男は、鮫に食われたらしいという噂が流れたが、本当のところはわからない。

横ざまに壁を超えてみる

十数年前のことになるが、『百寺巡礼』という番組の企画で各地の寺を巡拝した。なにしろ百カ寺だ。忘れることのできない思い出が数多くあった。

暑さが続くと、寒い日のことを回想する。雪の日に福岡の禅寺を訪れたときの記憶をたぐると、なんとなく涼しい気分になるのである。

霏霏（ひひ）として降り積む雪の中、素足に草鞋（わらじ）ばきで托鉢に出てゆく若い僧たちの姿に感動した。襟元に一陣の冷気が感じられるのだ。

ひどく寒い日には、逆療法で、ある山寺で水垢離（みずごり）の行に打ちこんでいた修行僧のことを思い出して元気を出すという手もある。

山中、寒気の立ちこめる水際だ。その冷水を桶に汲んで、頭からかぶるのである。くり返しくり返しそれを続ける。すると、冷えきったはずの体から、白い湯気が立ち昇ってくる。見ているほうが体が凍りそうだ。

行を終えた若い僧に、マフラーの襟に首を埋めてたずねてみた。

「この寒さの中で、冷くないですか」

「冷いです」

と、その若者は言った。そして照れたように苦笑しながら、こんなことを教えてくれた。

「寒中に冷水をかぶるコツは、水をそっとかけないことです。逆に体にぶっつけるようにかける。水に体を打ちつける感じでやれば、意外に平気なんですよ」

なるほど。

中途半端におそるおそる水を浴びてはいけない。むしろ立ち向うような気分で、水に体ごとぶつかっていく。

なんとなく私が納得したのは、少年時代の記憶がよみがえってきたからだった。

当時は戦争の時代だった。いわゆる非常時である。常ならぬ時代であるから、現在の常識は通用しない。いまでいうパワハラなどは日常茶飯のことだった。

その一つに、人を殴るという行為があった。教師が生徒を殴る。先輩が後輩を殴る。古参兵が新兵を殴る。教育指導のためとして、めったやたらに人を殴った時代である。

親が子を殴ることもあったし、夫が妻を殴ることもあった。とりあえず当時は、やたらと目下の者を殴りまくった時代だった。

小学校（当時は国民学校）を出て、中学に入ると、さらに殴られることが日常化した。クラスのだれかが失敗すると、連帯責任ということで全員が殴られる。殴打の一つのスタイルとしてそんなことが横行していたのだ。

殴るほうにも上手、下手がある。熟練した殴り手は、少い力で最大の効果が発揮されるような鮮やかな殴り方をした。

頬げたを平手、もしくは拳骨で殴る。平手ではたく場合は、音が大事だ。パシッ、という音がいちばん痛い。パン、と鳴る場合は大したことはない。

身をよじって反射的に打撃をよけようとすると、殴り手が苛立つ。

「逃げるな！」

と、さらに激しい打撃をみまわれる。要するに殴られるほうも、上手に綺麗に殴られなければならない。反射的に顔をそむけたりすると、耳をはたかれる。ときには鼓膜が破れることもある。殴る側と殴られる側の息が合うことが肝要なのだ。

殴る、殴られるの関係が日常化してくると、両者の間に阿吽の呼吸というか、一種、美的な殴打が成立する。結局、それがいちばん被害が少くてすむ合理的な方法なのである。

そこで大事なのは、相手の打撃から逃げないようにすることだ。さらに上達すれば、むしろ相手の拳から頰をそらさず逆に迎え討つようにする。

寒中の水垢離で、水に体をぶっつけるように、という話をきいたときに、一瞬、あ、と思った。逃げてはいけない。

「逃げるな！　歯を食いしばれ！　足を開け！」

とリプレイされるのは、下手に逃げようとした連中だった。

なにごとも向っていけば、なんとかなるものだ。中途半端に逃げようとするから厄介なことになる。

私は昔、よく風邪を引いたものだった。ゴホンといえば龍角散、ぞくぞくすれば熱さましを飲んで、布団をかぶって風邪をやりすごそうとした。しかし、ほとんど成功しなかった。

のちに「風邪と下痢は体の大掃除。風邪も引けないような体になってはおしまいだ」という野口晴哉（はるちか）師の言葉に接して、考え方をあらためた。風邪から逃げない。それを迎えて、すすんで立ち向う。一週間かかっては失敗である。二日か三日で、きれいに引き終えることが大事だと覚悟したのだ。それ以来、不思議なことに余り風邪を引かなくなった。風邪は万病のもと、と不安に思う一方、「早く来い来い　風邪よ来い」と、口ずさむときもある。

　しかし、なにごとにつけ真向から立ち向っていくのは匹夫（ひっぷ）の勇だろう。「断じて行えば鬼神もこれを避く」というのは、戦時中によく使われたスローガンだった。しかし壁に真正面からぶつかるだけが能ではない。これは難しいと見切ったときには、親鸞のいう「横超」という発想に限る。「横ざまに超える」のだ。

　とかく生きることとは難しい。この年になっても日々、ため息をつく毎日が続く。

仰げば尊し我が師の恩

私が早稲田の露文科に入学したのは、昭和二十七年の春だった。

正式には第一文学部ロシア文学専修というのだろうか、とにかく当時はワセダのロブンで通っていた。

私がロシア文学科を受験すると言ったとき、父親がポツンと、

「ロシアは母さんの敵だぞ」

と言ったのを忘れることができない。

上京の費用、その他の準備が手間どって、少しおくれて大学へ行った。他の学生は体育の選択もほとんど終了して、残っていたのはボクシングぐらいだった。仕方なしにそれを選択した。

はじめて授業に出たとき、非常な圧迫感をおぼえた。クラスの学生それぞれが、秀才ぞろいのように見えたからである。高校時代からすでにロシア語を勉強していた学生も

いたし、人民帽をかぶった青共のメンバーなどもいたからだ。

岡沢秀虎(ひでとら)、谷耕平、横田瑞穂、ワルワーラ・ブブノワなどの先生がたの授業を受けたが、とくに印象に残っているのは横田先生である。私たちは横田サンと気軽に呼んでいた。

なにしろ戦後の空気がまだ残っている時代である。先生がたも生活が大変だったはずだ。とくに横田サンは苦労なさっている感じがした。高田馬場の駅から大学までバスだと片道十五円、往復で三十円の運賃も節約して、重いカバンをさげて歩いておられるのをよく見かけたものである。

授業中にひと休みして煙草を吸われる。一本の煙草を半分にちぎって、煙管(きせる)につめ、大事そうに吸っておられた。仏文や他の学部の先生がたにくらべると、露文の教授がたはなんとなく貧乏くさい感じがしたのをおぼえている。ロシア人講師のブブノワ先生なども、いつも黒っぽい服に低い踵の靴で黙々と歩いておられた。

当時は政治の季節だったから、学内は常に騒然としていた。入学早々、「血のメーデー事件」があり、デモで授業がつぶれることも少なくなかった。

アルバイトと学生生活を両立させようという私の青臭いプランは、早々に頓挫した。食っていけなくなったのだ。寝るところもない有様だったので、授業どころではない。いまでいうホームレス大学生となった。結局、授業に出たのは一ヵ月あまりで、住込みの仕事に専念することとなる。

少し慣れてきたところで、また大学に顔を出すようにした。落第したので一学年下のクラスにもぐりこんだ。

この学年は、最初の秀才ぞろいのクラスとちがって、なんとなく遊び人ふうの学生が目立った。文学青年というか、ちょっと大人びた学生が多かった。詩人もいたし、作家志望の青年もいた。露文科なのにサルトルに熱中している学生や、埴谷雄高や花田清輝を友人のように語る男もいた。女と同棲している男もいた。夏目漱石の孫にあたる青年や、甘粕大尉の娘さんなどもいた。私にとってはしごく居心地のいいクラスだった。

結局、私は卒業できなかったが、彼らとのつきあいはその後も長く続いた。

のちに横田サンがショーロホフの『静かなドン』を訳して話題になったとき、仲間はほっとした感じだった。これでかなり先生の暮し向きも好転したのではないかと考えたのである。

その後、横田サンをかこんでなにかのお祝いの会があった。古くからの横田サンの友人だった井伏鱒二さんなどもこられて盛会だった。

そのときは私も作家として働いていて、何か挨拶をしろと言われた。

私は授業のときの思い出話をしてお茶をにごしたのだが、それは『リャグーシュカ・クヴァクーシカ』というロシアのお伽話を授業で習ったときのエピソードである。

雨蛙が朝おきて穴から出ると、小雨が降っている。そこで雨蛙はうれしそうに、

「カーク・ハローシャヤ・パゴーダ！」

と言う。それを横田サンが学生に訳させたとき、当てられた学生が、

「なんといういいお天気だ」と訳した。すると横田サンが渋い顔で、「それじゃだめだよ」と言われたことがあったのだ。

「雨が降ってるんだからね。でも雨蛙にとっちゃ嬉しい天気だ。だから、ああ、なんて良いおしめりだ、とでも訳したほうがいいだろう」

おしめり、というのはいささか古いんじゃないかなあ、と、そのとき思ったものだった。

そんな思い出話をしたら、前の席にいた井伏さんがちょっとむっとした顔をされたこ

とが記憶に残っている。

その会の終ったあと、会場を出たところでロシア文学者の原卓也さんが、

「ちょっと、ちょっとイツキさん」

と手招きをする。

「なんですか」

なにしろ東京外語大の先生もやっているロシア語の大家である。

「さっきの雨蛙の話だけど、〈カーク・ハローシャヤ・パゴーダ〉と言ってたでしょ。あれ、文法的には〈カカーヤ・ハローシャヤ・パゴーダ〉のほうが正しいと思うよ。念のため」

原卓也さんは私の文庫の解説を書いてくれたり、いろいろお世話になった大先輩である。恐縮するしかない。

しかし私の記憶では〈カーク・ハローシャヤ・パゴーダ！〉だったような気がする。思えばいい時代だった。

乱雑の日々よ、永遠に

若い頃から整理整頓というのが苦手だった。モノを片付けない。捨てない。当然ガラクタが周囲に山積する。

そのガラクタの山に囲まれて暮らしていると、それが自然に思われてくるから不思議だ。

机の上を片付けると仕事がはかどる、という文章を読んだ。右利きと左利きでは、片付けかたが違うと書いてある。右利きの人はこう、左利きの人はこう、と親切丁寧に説明してあった。

〈なるほど〉

と、深く納得するが、といってそれを実行するところまではいかない。結局、机の上のモノのすきまを縫って、不自然な姿勢で本を読んだり、原稿を書いたりしている。

「年をとっても、夢はあるんですかね」

と、先日、仕事の話で会った若い人にきかれた。

「もちろん、あるさ」

「失礼ですが、どういう夢でしょうか」

「すっきりと片付いた部屋で、きちんと整頓された机の上で仕事をすることだよ」

「そんな――」

と言いかけて、相手は首をすくめた。言われなくてもわかっている。そんなセコい夢なんですか、と言いかけたのだろう。

左様。そんな事が目下の私の夢なのだ。老年よ、大志を抱け。その気になってチャレンジすれば、できないはずはない。ほんの二、三十分、机の上を片付けるだけでも生活が一変するのだ。さあ、今すぐに取りかかろうではないか。新たな未来は君のものだ。

〈I have a dream〉。

しかし、身のまわりのモノたちを動かすとなると、何か大事なものが壊れるような気がしてならない。乱雑には乱雑の秩序というものがあるのだ。どれもが必要があってそこに存在しているのである。

机の上に積みあげられた文庫本や、ボールペンや万年筆や、ナイフやカッターや、ありとあらゆるものが、その必要を主張して場をゆずらない。セロハンテープも、置時計も、電子辞書も、ティッシュペーパーのボックスも、クリアファイルにはさみ込んだ資料も、あずかったままのゲラの山も、カビのはえた古いコーヒーが残ったままのコップも、眼鏡拭きも、はてはどういう訳か古い靴下の片方までが机の上に存在している。アーモンドの袋は昨夜の食べ残しだ。

どこからどう片付ければよいのか。優先順位は必要度か、それともスペースの占有率か。

こういう作業を瑣事とか、雑事とかいう。しかし、人生に瑣事などというものがあるのか。生きるということは、雑事の連続ではないのか。

テレビの衛星放送で生前の中村哲医師の仕事のドキュメントをやっていた。中村さんだけでなく、その事業に参加した現地の人びとの姿にも感動する。人生は無意味ではない。自分がどう生きるかだ。

机の上の乱雑さにこだわっている自分が、卑小きわまりない人間に思われてくる。整理がなんだ、片付けがなんだ、もっと大事なことが残りの人生にもあるだろう、と。

自分の身のまわりの不要なものを捨てたからといって、人は自由になれるものなのだろうか。モノは捨てられても、人間関係を捨てられるのか。過去の記憶を消去することができるのか。机の上がとっちらかっていたとして、それがどうしたというのだ。

そもそも乱脈きわまりない現世に生きながら、自分の身のまわりだけをすっきり整えたとして、はたして充実した人生といえるのか。

次第にアナーキーになってきた果てに、

「これでいいのだ！」

というヤケクソな言葉が浮かんでくる。

高齢にして家出を敢行したトルストイは、いったい何を片付けようとしたのだろうか。彼の机の上は、はたしてどうだったのだろう。

以前、サンクトペテルブルクで、ドストエフスキーの家を訪れたとき、館長さんがとても親切な人で、彼の書斎の椅子に坐らせてもらったことがある。机の上にはなにもなく、じつにすっきりしていた。生前からそうだったのかどうかはわからない。とにかく予想していたような乱雑さは見られなかった。個人雑誌も刊行し、自著の出版まで手がけた人だったらしいから、たぶんきちんとした人だったのではあるまいか。

捨てるべきものは、モノではあるまい。さまざまな事に執着する自分の雑念である。しかし、そこをすっきりさせてしまえば、生きる意味も失われてしまうのではないか。いま自分を生かしているのは、雑念であり俗な欲望である。それを完全に捨て去ってしまえば、生きている必要も、意味もないような気がする。

人生というものは、死してなおスッキリとは片付かないものなのだ。死後の事まで気にするのが人間なのだと諦めるしかない。

ワクチンの接種はまだ受けていないが、ちかぢかするつもりである。膝の痛みに効くといわれて、すすめられた薬を服用しているが一向に効く気配はない。

メジャーリーグでの大谷翔平選手の活躍、大坂なおみ選手、松山英樹選手らの存在だけに国民の期待が注がれるコロナ梅雨の季節だ。

〈家貧しうして孝子いづ〉という言葉を、ふと思い出した。

乱雑の日々は今日も続く。

方言が消えるのが進歩？

「言葉は国の手形」

などという。

その人の喋り方をきくと、どこの出身かはすぐにわかるという事だろう。

先日、私が若い頃にやっていたラジオ番組のテープを、何十年ぶりかで聞く機会があった。

「なんじゃこれは――」

と、驚くほどの九州訛りである。われながら赤面した。よくこれで深夜のラジオ番組などを受け持っていたものだ。

いわゆる標準語とはアクセントがまるでちがう。さらに気になるのは、イントネーションだ。

「イツキはいいよなあ」

と、野坂昭如がよく言っていたことを思い出す。

「ワッペイとかイッキとかだと、いい加減なことを言っても本当みたいにきこえるんだから」

ワッペイとは栃木弁でテレビに出ていた故・立松和平さんのことだ。たしかに彼が訥々と喋っていると、実に誠実そうな印象を発散していたものだった。もっとも本人はそのことをほとんど意識していなかったのではあるまいか。

いちど立松さんと私とで一冊の本を作るために長時間の対談をしたことがある。たしか『親鸞と道元』というテーマだったはずだ。二人の勝手なお喋りをまとめた編集者は、さぞ苦労なさったにちがいない。

九州から出てきてそろそろ七十年近くたつが、いまだに、というか、いまも私の九州弁は健在である。しかし、東京、金沢、横浜、京都、ふたたび横浜と流れ歩いているうちに、その方言の角が磨滅して、国籍不明の日本語と化してしまった。

しかも、根のところには植民地独特の共通語の感覚が居坐っているから厄介だ。

戦前の外地、すなわち植民地には、日本全国津々浦々からさまざまな人々がやってきた。東北からも、沖縄からも、関西からも山陰からも、それぞれの方言を抱えて集ってきたのだ。いわばお国訛りの吹きだまりといっていいだろう。

その方言の坩堝の中で、おのずと共通語が発生する。いわゆる植民地標準語だ。どこの地方の言葉ともつかない、無国籍的な共通語である。要するにちゃんとした方言でもなく、まともな標準語でもないアナーキーな日本語だ。現地の言葉も当然まじっている。しかも子供の頃は軍国主義の時代だった。小学校でも軍隊式の言葉づかいが流れ込んでいたのだ。

そんなわけで、私の日本語は五目チャーハンというか、ごった煮というか、まったく正体不明の日本語と化してしまったのである。

ただ、両親がともに福岡人だったことから、イントネーションは福岡のものだ。はじめて十九歳で上京したときは、東京の人は耳が悪いのだろうか、と思ったものだった。

「え？」

と、何度もきき返されることが多かったからである。後になって私のアクセントがおかしかったことがわかった。柿と牡蠣、箸と橋の区別さえつかないのである。

「文は人なり」

というのは高山樗牛（ちょぎゅう）だったか。たしかにその通りではあるが、また同時に、

「言葉も人なり」

とも言えるだろう。難しい哲学用語も、関西弁で語られると、なんとなく親しみやすいような気分になってくるのである。

京都に住んでいた頃、おでん屋で梅原猛さんや橋本峰雄さんからニーチェやホッブスについて話をうかがったりすると、なんとなくその時だけは判ったような気になったものだった。関西弁の効用というものかもしれない。

桑原武夫さんは京都の出身かと思っていたら福井出身でいらした。前にも書いた記憶があるが、

「汚い金を綺麗につかう、それが文化ちゅうもんや」

と、いわれた言葉が妙に耳に残っている。

そういえば親鸞の『歎異抄』を現代語に直して、本にしたことがあった。しかし、よく考えてみると、『歎異抄』は親鸞が京都に住んでいた頃の言行録である。彼が生まれ

育ったのも京都近郊だ。『歎異抄』は親鸞の京都在住期に、面授の弟子である唯円がまとめたことになっているが、親鸞の口調は当然、京都弁だったにちがいない。

二人の対話は一体、どのような口調だったのだろうか。

川西政明さんの『歎異抄』現代語訳を読むと、思わず微苦笑をさそわれるところがあって興味がつきない。一方、私が現代語訳した『歎異抄』は、いささか堅苦し過ぎたかな、と反省するところがあった。

イエスやブッダも、現地の言葉で語ったといわれる。たぶん相当に訛りのある地方弁だったと考えられる。

長年にわたる諸国放浪の結果、奇妙キテレツな日本語を使うようになった私だが、最近、なんとなく方言が懐しいような気持ちがわいてきた。

もう一度、昔にもどって方言を磨いてみようかと思ったりもする。

テレビのインタビューを見ていると、地方の小学生などが、まったく訛りもないきれいな標準語で答えているシーンが多い。

ひょっとすると地方の言葉は、やがて絶滅するのではあるまいか。

それを進歩といっていいのかどうか、なんとなく気がかりなところもある。

第三章　仕事は日々の雑事の積みかさね

「講演」「対話」「著述」の日々

年明け早々、北陸新幹線で金沢へいってきた。講演のために出かけたのだ。帰ってきて一日おいて、こんどは東京都内で講演をした。税理士のみなさんがたの集りで、かなり緊張した。税理士の先生がたには、この五十有余年、あれこれとお世話になってきたからである。

かつて若い頃、私が流行作家としてお職を張っていた時代、税金ではずいぶん苦労をしたものだ。

なにしろ収入の八十五パーセントあまりが税金という、凄い時代があったのだ。嘘のようだが本当の話である。原稿料や印税の一割が実際の収入と思うようにしていた。そのくらいの覚悟でないと、予定納税のときには、銀行のお世話になることになりかねない。

その頃は税理士の先生がたも、さすがに気の毒そうな表情をされていた。

新人作家としてはじめてもらった原稿料は、一枚八百円だった。当時、文壇の大家といわれた某作家は、八千円以上だったという。約十倍である。最近、格差社会という言葉をしきりと耳にするが、なに、当時のほうがよほど格差がきわだっていたのではあるまいか。

私が高額の納税で国に貢献していた頃、ある週刊誌にそのことを書いた記憶がある。私の原稿料は手取り千円足らずである、と泣きごとを言ったのだ。

ところがその後、ある小さな雑誌社から五千円あまりの原稿料が送られてきた。三、四枚のコラムの原稿料である。手取り、と書いたのを、私の原稿料のランクと勘ちがいしたらしい。後からとどいた礼状には、「苦しい経営が続いておりますが、先生の稿料は気持ちだけですが奮発いたしました」と書きそえてあった。

話が横道にそれたが、講演の件だ。

作家は講演なんかするべきではない、という意見が確固としてあることは私も知っている。しかし、私はそれとは正反対の立場で今日までやってきた。それについては、近々、『作家のおしごと』というふざけた題の本を出すことになったので、そこにくわしく述べてある。簡単にいえば、「講演」と「対話」と「著述」、この三つが「作家の仕事」だと考えているのだ。

さて、講演について私が心がけていることが三つある。いや、正確にいえば、「できるだけそうしたい」と願っていることである。

一つは、話の中で有名な人の名前をできるだけ出さない、ということだ。これは私の知識が片寄っていることもあって、あまり知らないということが大本（おおもと）にある。

これは「だれだれが言っているように」とか「だれそれの説によれば」などという表現を極力ひかえようという立場だ。

「自分はこう思う」でいいのではないか、と考えるのだが、つい「ダレソレがこう述べておりますが——」などと口が滑ってしまうのである。せめてカタカナの人名だけでもあげずに話を終りたいといつも思う。そしてほとんど失敗する。不思議なものだ。どうしてそんなに簡単なことができないのかと、反省のしっぱなしである。

二つ目は、数字をあげて話をしない、という決心である。これは比較的うまくいく。もともとが数字に弱いたちなので、それほど努力しなくても成功率が高い。しかし最近、「百年人生」とか、「六十五歳定年制」とかいろいろあるので簡単ではなくなってきた。

三つ目は、黒板やホワイトボードや映像を使わない、ということだ。

医師会などの集りに呼ばれていくと、演台が舞台の端におかれていることがある。ステージ正面に映像を映して、報告者がそれを操作しつつ説明する方式が多いせいだろう。

主催者側にお願いして、演台を舞台中央に置き直してもらったことが何回かあった。

「エライ人の名前を出さない」「数字を使わない」「黒板を使わない」。

この三つを完璧に守ることは、じつは至難のわざである。つい気がゆるむと「ドストエフスキーが言ってるように」とか、すぐに口から出てしまう。また、以前は年間の自殺者の数などを、しばしばあげて話をしていた。黒板も仏教の話などになると、使わないわけにはいかない時がある。アケガラスハヤとか、ソガリョウジンなどと声だけで言って伝わる時代ではないのだ。

先日の講演では、三つの誓いが冒頭から崩れてしまった。人名も数字もダダ漏れである。税理士の先生がたに柳田国男の『涕泣史談（ていきゅうしだん）』の話をするのに黒板を使う。本居宣長の『イソノカミノササメゴト』という字を黒板に書きかけてやめたのは、正確に漢字を書く自信がなかったからだ。

「夏目漱石がロンドンに留学した頃の日本人の平均寿命は——」

などと言ってしまってから口を押さえたが、後の祭りである。人名は出すわ、数字はあげるわ、黒板は使うわで、新年早々、大敗を喫して引きさがった。

講演というのは、自分が持っている何かを聴衆に手渡して帰ってくるような仕事ではない。話をしているうちに、返ってくる波動がある。これまで自分が考えてもいなかった発想が、そこで生まれたりする。話すなかで見えてくる世界がある。今月はあと三回、話す機会がある。なんとなく楽しみだ。

詐話師あるいは対談師？

最近、講談が大人気らしい。

神田松鯉師の芸談が連載されている某夕刊紙は売切れ続出？　だそうだし、ご存知、神田伯山の会などはチケットをめぐって女性同士の大乱闘がおこる騒ぎだという（これは見てきたようなウソ）。

昔は講釈師といったが、いまは講談師だ。

落語のほうでは落語家といい、噺家（はなしか）という。師と家とでは、どちらが偉いか。

辞書によれば、「師」は「人を導く人・先生」となっている。マッサージ師はわかるけど、詐欺師はどうなんだ。

作家とはいうが、作師とはいわない。まあ、気取って文士を名乗るのが精一杯だろう。

そんなことはどうでもいいが、私は職業欄になんと書けばいいのか、ときどき迷うことがある。作家と記入するのが、なんとなく気が引けるのである。

本来なら詐話師という言葉がぴったりの職業だ。しかし、それよりもっと私自身に納得がいくのは対談師という表現だろう。

これまでの六十年で、一体どれだけの対談をさせてもらってきたことか。

私は九州の人間である。九州も福岡人は、口から先に生まれてきたような人間が多い。道教学者の故・福永光司先生も九州人だが、福永さんに言わせると、『魏志倭人伝』にでてくる「倭人」というのは、

「田んぼの畦道などにウンコ坐りをして日がな一日ペチャクチャ喋っている連中」

というイメージなのだそうだ。

私の九州人のイメージは、まずホラ吹きである。事実よりも面白さのほうを重視する傾向がある。俗に「話を盛る」という表現があるが、盛ってナンボの地方なのだ。

十センチぐらいの小魚を釣っても、両手をひろげて、「こげん太かとば釣ったばい」と言う。『老人と海』を書いたヘミングウェイは、ひょっとしたら九州人かも。

東京には落語があり、大阪には漫才がある。福岡にも俄狂言の伝統があり、口から先に生まれてきたような輩も少くない。

不肖、私もその一人で、幼児のころから「口の減らない子だね」と親に言われていた。

なにより人と話すことが大好きなのだ。対談の話がくると、原稿を放りだして駆けつけたものだった。

話をもどすと、私は自分のことを「対談師」と、ひそかに自称しているのだ。書くことより語ることが大事、とずっと思ってきた。そして職業年齢、有名無名を問わず、あらゆる人々と対談してきたつもりである。

一年間に十人のかたと対談したとして五十年で五百人。いやいや、そんなものではない。夜毎に変る波枕、私自身がホストをつとめて毎週体を張っていた連載が何本もある。二十五年間続いたTBSラジオの『五木寛之の夜』という深夜番組だけでも、何百人のゲストと対談してきたかわからない。

ためしに資料を引っくり返してみると、一九七三年（昭48）四十一歳のときの対談者のリストがでてきた。ざっとこんな感じである。

【一月】田英夫氏との対談『挫折と幻滅の季節を考える』を「週刊ポスト」に、羽仁五郎氏との対談『絶望的青春論』を「週刊現代」に、野坂昭如氏との対談『日本人は一流意識を捨てよ』を「週刊朝日」に、太地喜和子氏との対談『男殺し役者地獄』を「オール讀物」に。

【二月】井上ひさし氏との対談『女と野球と転校と』を「小説現代」に、後藤明生氏・野坂昭如氏との鼎談『新春海外放談』を「早稲田学報」に。

【三月】稲垣足穂氏との対談『反自然の思想』を「短歌」に。

【四月】高梨豊氏との対談『円形の荒野』を「NOW」に。

【五月】岡田茉莉子氏との対談『明治女の受身の魅力』を「婦人画報」に、内田裕也氏との対談『歴史の連続性をリズムで断ち切ろう』を「ニュー・ミュージック・マガジン」に、深沢七郎氏との対談『さらば怨念列島』を「週刊サンケイ」に。

【六月】久野収氏・小田実氏との鼎談『人間を考える』を「話の特集」に、篠山紀信氏との対談『同時代について』を「別冊小説新潮」に、田辺聖子氏との対談『不惑対談あぁも思いこうも惑う』を「新評」に。

【七月】生島治郎氏との対談『眠れる意識を狙撃せよ』を「小説推理」に、内村剛介氏との対談『わが内なる吉田松陰』を「歴史読本」に、秋山駿氏との対談『デラシネとしての旅』を「國文學」に。そして「面白半分」で対談を十二月まで連載。

【八月】井上靖氏との対談『北陸の風土と文化』を「北国新聞」に。

【九月】舘野泉氏との対談『北欧・文学・音楽』を「音楽の友」に。

【十月】田中小実昌氏との対談『おれたちの中のニッポン列島』を「問題小説」に、塚本邦雄氏との対談『幻視のなかの荊冠詩型』を「季刊俳句」に、大島渚氏との対談『いま何が終り何が始まろうとしているのか』を「キネマ旬報」に（二回連載）。

【十一月】植草甚一氏・中村とうよう氏との鼎談『ステージ・オン・マガジン』を「話の特集」に、秋山駿氏・片岡啓治氏との鼎談『近代日本と天皇制』を「情況」に。


ああ、しんど。

十二月は記録がみつからない。こうして半世紀以上が過ぎたのだ。対談師の仕事は今日も続く。

それでもラジオは生き続ける

昨夜は寒かった。

代々木のＮＨＫ放送センターの玄関前でタクシーを待っていると、夜の風が身にしみた。

ディレクターのＷさんからタクシーのチケットをもらいながら、ふと或る感慨にとらわれた。以前も同じように、冬の夜、ＮＨＫの建物の前でタクシーのチケットを手に、風の中に立っていたことがあったのだ。

あれは何年ぐらい昔のことだろう。ＮＨＫがまだ飛行館ビルのすぐ近くにあった頃のことである。私は二十代の若者で、ラジオ番組の構成作家として働いていた。それはラジオ第一放送の『夜のステレオ』という番組だった。まだステレオ放送が普及しておらず、聴取者にスピーカーを左右に離して聴くようにと、わざわざアナウンスしていた時代である。

『夜のステレオ』というのは、今でいうディスクジョッキーふうの番組だった。語り手はういういしい新人アナの下重暁子さん。

当時、ＮＨＫで西の野際（陽子）、東の下重とうたわれた若手の才媛である。

私も若かったから既存の楽曲を流すだけでは物足りない。当時、人気の坂本九ちゃんにロシア民謡をうたわせたり、新人の北島三郎さんのために米山正夫さんに曲を頼んだりしたものだった。番組の中でだけ制作したものなので、今はそれらの歌はまったく残っていない。

私がラジオとかかわりあうようになったのは、一九五〇年代の後半である。四谷の小さな広告代理店にもぐりこんで、文化放送やラジオ関東の番組を担当したのがきっかけだった。その後もずっとラジオとは縁が切れず、ＮＨＫの『今月のうた』などを書いたりした。

そのうちＴＢＳラジオの番組の構成者をやり、やがて作家としてデビューした後『五木寛之の夜』という番組を持つことになる。

九州弁のイントネーション丸出しのナレーションは、いま聴いてみると抱腹ものだ。最初の頃は土曜日の夜九時からのオンエアだった。相方（あいかた）はロンドン帰りの新人アナ、三雲孝江さん、テーマ曲は石黒ケイ。

『五木寛之の夜』は、翌年から深夜の放送となり、〈深夜の友は真の友――〉というナレーションに、『戒厳令の夜』のテーマ曲、ジョー山中の『哀しみのフローレンス』が重なる。

いま思えば、あの頃は『パック・イン・ミュージック』なども活気があり、深夜ラジオの黄金期だったような気がする。

このあたりの音源が残っていたので、昨年発売したミュージック・ボックス『歌いながら歩いてきた』（日本コロムビア）の付録に収録した。これは私の作詞生活六十周年記念のアンソロジーだが、当時の貴重な音がいろいろとはいっている。興味のある向きは、ぜひ聴いていただきたい。永六輔、野坂昭如、伊丹十三など、当時のお騒がせグループの面々と共に出演した『遠くへ行きたい』のDVDもはいっていて、あの時代を追憶する絶好の素材であると自信をもっておすすめする。

この『五木寛之の夜』は、二十五年間つづいた。

それからしばらく空白があって、ふたたびNHKにもどる。

『ラジオ深夜便』で深夜の同世代に語りかけることとなったのだ。

その後、いろいろなシリーズを経て、いまは『五木寛之のラジオ千夜一話』という番組をやっている。

こうしてふり返ってみると、ラジオとのつきあいはもう六十年以上になるのではないか。テレビの番組も『百寺巡礼』ほか、いくつもやったが、結局、帰るところは夜のラジオだ。

標準語のアクセントもままならぬ私が、ラジオで仕事を続けてこられたことも不思議である。


映像全盛の時代にあって、ラジオはメディアの片隅に追いやられているかのような印象もあるが、事実はそうではない。

「深夜の友」は、いまも全国各地に健在なのだ。ラジオ放送を大勢で聴くということは、あまりない。テレビが開かれたメディアなのに対して、ラジオは閉ざされたメディアである。

それは語り手と聴き手が、一対一で向きあって成り立つ世界なのだ。「深夜の友」ならずとも、「ラジオの友は真の友」なのである。

ラジオを聴く、ということは「耳でする読書」のようなものだ。小さな深夜のスタジオから流れ出す声が、各地で耳を傾けている一人一人の耳にとどく。考えてみればじつに不思議な世界だ。

人間は、大勢の仲間と共に集いたい、という欲求をもっている。コンサートにも、スポーツの催しにも、数万の人々が集る。

それでいて、また不思議なことに人間は孤独でいたい、という願望も心に抱いているらしい。

テレビは共同のメディアである。しかし、ラジオは私的なメディアである。

テレビもラジオもないだろう、いまはネットの時代なんだよ、という声がきこえる。

たしかにそうだと思う。しかし、それでもラジオは生き続けるのではないか。

どこか時代にとり残されたような感じのラジオのスタジオが私は好きだ。

録音したテープをハサミで切って貼り合わせ、爪でこすってつないだりした時代のことを思い出しながら、ふと気持ちが安らぐのを感じるのである。六十年。思えば遠くまできたものだ。

茫々七十余年の四百字詰め原稿用紙

この原稿は、原稿用紙を裏返しにして書いている。

二十字詰め二十行、計四百字の普通の原稿用紙のストックが無くなってしまったのだ。

私は長年、原稿を原稿用紙に万年筆で書いてきた。

「えっ、まだそんな事やってらっしゃるんですか」

と、若い編集者や記者に目を丸くされることが多い。恐竜時代の動物を見るような目付きで、

「パソコンはお使いにならないんですよね」

と、同情的な口調で言われることもしばしばだ。

そもそも原稿用紙というものがめずらしい世の中である。その辺の文房具店では、すでに原稿用紙など置いていない店も多い。

野坂昭如、井上ひさしのお二人がいた頃はなんとなく心強かったのだが、いまは原稿

用紙派は風前の灯(ともしび)だ。しかもそれをＦＡＸで送るのだから、受け取るほうも大迷惑だろう。

私は生まれつきのオッチョコチョイで、決して世の中の流行にはうといほうではない。以前、作家のあいだで親指シフトのワープロがはやったことがあった。そのときも気持ちが動いたことはたしかである。しかし、なぜか転向しなかった。

音声入力というのを試みる同業者もいた。これも縁がなかった。十代の頃から原稿用紙を使いはじめて茫々七十余年、ずっと二十字詰め四百字の原稿用紙のお世話になっている。

それが今日、思いがけない事態に立ちいたったのだ。手持ちの原稿用紙が切れてしまったのである。時間は深夜の一時。コロナの時代に深夜営業の文具店などあろうはずがない。

さて、困った。「アナタならどうする」などと古い流行歌を口ずさみつつ、部屋の中を探し回るが、予備の原稿用紙がまったく見つからない。

こんなことは物書き稼業六十年、はじめての事態である。旅行に出かける時も、原稿用紙は必ずカバンに入れて持ち歩いたものだった。

「亡くなって知る親の恩」

などと関係のないことを呟きながら、あらゆるところをウロウロ探してみるが、ないものはない。

机を前に沈思黙考一時間、ついに思い決して裏紙を使うことに決めた。

ＦＡＸで送った生原稿が山のように積みあがっている。それを裏返しにして、かすかに透けて見える罫線を頼りに文字をつらねることにしたのだ。

以前、新聞小説で平安末期から鎌倉時代にかけての話を書いたことがあった。

当時は紙がすごく貴重な時代だったらしい。古い手紙や文書などを買い集めにくる商人たちがいて、結構、いい値段で売れたようである。買った商人たちは、その使用済みの文書をきれいにのばして、ふたたび売る。リサイクルだ。

買った人は、日記とか、心おぼえの記録とかを紙の裏にしたためるのだ。少しくらい筆の跡がにじんでいても、自分用の文書であれば、べつに差支えはないだろう。

〈そうだ、その手があった〉

と、使用済みの原稿用紙を引っぱりだした。うっすらとペン書きの文字と罫線が透けて見える。どことなく下着をめくるような恥ずかしい感じもあるが、仕方がない。書いてみると意外にサマになっている。ふだん線でかこった中に文字を挿入しているのだが、なんとなくスムーズにペンが走るのだ。

そうか、やはり文字というものは、こんなふうに自由に書くものなんだな、と感じるところがあった。

しかし、考えてみるとコロナ以来、リモート、テレワークの時代である。いずれFAXなどというものも絶滅するにちがいない。原稿用紙って何？　と聞かれる日も遠くないのではあるまいか。

グーテンベルクの活版印刷が新しい時代をつくりだしたように、いま新しい大変動が進みつつあるのだ。いずれ小学生がランドセルにポンとデバイスを放りこんで登校することになるだろう。いや、教室の机にパソコンが埋めこまれているような時代がくるのかもしれない。

二十世紀は紙の時代だった。ドル札も紙。聖書も紙。尻を拭くのも紙。

そういえば最近、レストランなどで二つ折りにした紙を渡されるようになった。

「これは何？」

「マスクをはさんでお使いください」

なるほど。いかにも日本的である。そのうち、お茶の世界などではマスクをはずす作法などというのも出てくるのではないか。

しかし、書いている最中も、書き終えた後も、不思議な解放感があったのは事実である。決められた枠の中に書くことがならいとなって数十年、ずっと文字の自由を奪ってきたのかもしれない、と反省した。

枠のない紙に文字を書く。それがこれほど解放感のあるものだとは、今日まで知らなかったのだ。

新型コロナウイルスとの遭遇をきっかけに、日々の暮らしのいろんな枠をとっぱらってみたらどうか、と、ふと考えた。

原稿用紙がなくても原稿は書ける。食事は一日に三度とる必要があるのだろうか。顔は毎日、洗ったほうがいいのか。

ステイホームというのは、現代の隠遁生活のすすめではないだろうか。

原稿用紙の裏にでも文字は書けるのだ。なにか大きな発見をしたような歓びがあった。

カンヅメはもう流行らない

「筆は一本、箸は二本」の名言を残したのは斎藤緑雨だが、私もペン一本の文筆業者である。

したがって文章を書くのが日常のはずだが、なぜか非日常的な環境のなかでないと筆がすすまない。立派な書斎で、本のぎっしりつまった棚などを背景に机に向かっている同業のかたがたの写真を見たりすると、つくづく羨ましい気持ちになる。

要するにどこか生活の場でない場所でないとどうもうまく書けないのだ。それを非日常的な空間などと気取った言い方をするつもりはないが、私はこれまで五十余年、書斎らしい書斎を持ったことがなかった。

ホテルの部屋だとか、喫茶店とか、飛行機の中や新幹線の座席とか、いろんな場所で原稿を書く。家で仕事をするときも、台所のテーブルの上とか、テレビの前とか、一度だけだがトイレに坐って書いたこともあった。昔はＦＡＸやメールなどもなかったから、生原稿である。さぞや臭かったことだろう。

そんなわけで、なにか勿体をつけようと思ったときに、参考になる資料がない。本は読んだら払い下げる主義なので、蔵書らしい蔵書がないからである。数少ない愛読書も、手もとにないので参照するわけにもいかない。昔の記憶に頼るしかないのだ。

本はもっぱら文庫で読む。持ち運びに便利だからである。文庫というものは凄いものである。当然のことながら古典から現代作家のものまで無限にそろっている。いま手もとにあるのも『オブローモフ主義とは何か？』（ドブロリューボフ著／金子幸彦訳／岩波文庫）という厚さ七ミリか八ミリぐらいの薄っぺらな文庫だ。

学生の頃に授業で習った本だが、じつはちゃんと読んでいなかった評論である。たまたま最近の中国で「寝そべり族」とかいう怠け者の若者が増えている、というニュースに関して短い文章を書いたので、ふと十九世紀ロシアの〈余計者〉（オブローモフ主義者）のことを思い出して、書店で探して買ってきたのだ。奥付けを見ると、一九七五年に出て、現在まで七刷りとなっている。定価五九四円。偉いものだ。地下のドブロリューボフ、もって瞑すべし。

これまで本を読むのも、原稿を書くのも、ほとんど屋外の作業だった。ズボンの尻ポケットに、できるだけ薄い文庫本一冊を突っこんで、当てもなく街へ出る。〈書を捨てよ、町へ出よう〉といったのは寺山修司だが、私は本を読むために街へ出るのだ。鮨屋のカウンターで文庫本を読んで叱られたこともあった。

先日もコロナのワクチン接種を受けたあと、「十五分待機してください」と言われて別室で文庫本を読んでいたら、つい一時間以上が過ぎていて追い出されたばかりである。副反応がまったくなかったのは、読書の効用だろうか。

私が若かった頃には、ジャーナリズムの世界にはカンヅメという慣習があった。多忙な作家、というより締切りにルーズな書き手を出版社のほうで幽閉するのである。ホテルや旅館、または出版社の別室などに閉じこめて、原稿に専念させるのだ。新潮社にも新潮社クラブという和風の別館があり、ここにカンヅメにされるようになればAクラスの書き手、といわれていたものだった。開高健や、その他、名だたる作家で長逗留する人が多かったのもこの施設である。自宅より飯が旨い、という作家もいて、すすんでカンヅメになる人もいたらしい。

同じ場所でカンヅメになっている作家同士が、偶然に顔を合わせたりするのは、なんとなく具合いが悪いものである。

安岡章太郎さんと音羽の講談社の旧別館でばったり出会ったとき、安岡さんが、「できたかい」ときく。「いえ、まだ」と応じると、「そうだよなあ、ニワトリに卵を生ませるわけじゃないんだもの」と、苦笑されたことなど懐しく思い出す。

このカンヅメという悪習？　も、最近はあまり流行らなくなった。自宅のパソコンで仕事をする作家が多くなったせいだろうか。

思いがけなく「ステイホーム」の日々が続いている。地方へ出かける機会も少くなり、飛行機や、新幹線の中や、旅先のホテルで仕事をする機会も少くなってきた。

街のカフェなどもけっこう人が多いので敬遠する。いちばん換気のいいのは焼肉屋だと週刊誌が書いていたが、さすがにカルビを食べながら原稿を書く気はしない。

仕方がないので、最近、新聞を隅から隅まで読むようになった。最近の新聞は、昔とちがって、すこぶる大胆な記事が多い。昔は目にしなかった表現も使われている。

先月の新聞で、ちょっとびっくりした記事があった。健康に関する記事で、専門家に日常のヘルスケアをたずねる企画である。女性のトレーナーのかたが、歩行に関して述べておられて、うなずくことが多かった。

なんといっても歩くことが健康の基本である。ちゃんとした歩き方を語られているのだが、どれも基本的な話である。着地は踵から、足指をつかって力強く前進する。体は前かがみにならず、空から吊りさげられたように、すっとのばす。びっくりしたのは、その後だ。

下腹部に力をこめ、陰茎を立てるようなつもりで歩きなさい、というのだ。

「陰茎を立てる」という直截な表現に、つい二度見をしてしまった。

新聞も凄いことになっているんだな、と感嘆したコロナの朝だった。

自由自在に文字を書く喜び

歳をとると字も忘れがちになるものだ、と親鸞もこぼしている。

しかし、忘れるというのは、それまでの記憶が曖昧になってくることで、自然の現象だから仕方がない。ただ、ずばぬけた博覧強記の親鸞のことだから、そのショックもかなりのものだったにちがいない。

私も文章を書いているときに、必要な漢字が出てこなくて困惑することが再三ある。しかし私の場合は忘れたわけではない。最初から憶えていなかったわけだから、がっかりすることはないだろう。辞書を引けばすむことだ。

「パソコンで原稿を書けばいいじゃないですか」

と、編集者に不思議な顔をされた。

「いまからじゃ、ちょっとおそいかも」

と、苦笑すると、はげますように、

「そんなことないですよ。いまは高齢者でもスマホを自由に使いこなしている人が沢山いるんですから。パソコン教室にでも通われたらいかがですか」

さすがにボケ防止のために、とは口にしなかったが、読みにくい原稿の字にうんざりしている感じが、おのずと滲みでていた。

しかし、原稿用紙に万年筆で字を書くというのは、ただ仕事をこなしているというだけではない。漢字、仮名まじりの文章を書くという作業は、ひとつの快楽でもあるのだ。たとえ仕事の注文がこなくなったとしても、たぶん原稿を書くことはやめないだろうと思う。言いたいことを言う、ということへのこだわりではない。字を書く、という行為自体がある種のよろこびなのだ。紙の上に、自由自在に文字を書く。それにまさる楽しみはないと最近つくづく感じるようになった。

もちろん、仕事で原稿を書くのは大変な作業である。それは昔も今も変らない。わずか六百字程度の短文でも、締切りを前にしてどうしても書けないことがある。文字どおり脂汗を流して唸ったり溜め息をついたりしながら、一行も進まない時もある。

突然、天の助けのようにアイディアがひらめいて、そうだ、これを書けばいいのだ、と有頂天になって書きだしたとたんに、つまずくことがある。

それは書くべき言葉があっても、字が出てこない時である。しかるべき漢字が書けない。平仮名にしてしまえばいいのだが、そこはどうしても漢字でなくてはしっくりこない。

ああだったかな、こうだったかなと、原稿用紙の余白に試し書きをしてみるが、どれもちがう。素直に辞書を引けばいいのに、どこかにこだわりがあって素直になれないのだ。

こうなると、つまずく。出鼻をくじかれた感じで文章が止ってしまう。この「つまずく」という字はすぐに書ける。それにはわけがある。

〈足は質屋へつまずきながら〉

と、憶えたのだ。「躓く」である。しかし、目下、必要なのは「すする」という文字だ。「鼻をすする」「蕎麦をすする」の「すする」である。

〽泥水すすり　草をはみ

と、いう歌の文句が頭に浮かぶ。戦争の時代にさかんにうたわれた戦意高揚歌の一節だ。

電子辞書のお世話になるか。それとも文章表現を変えるか。

迷っているうちに面倒になって、万年筆を放りだす。ベッドに寝転がって手もとの雑誌などを読みはじめる。こうして締切りが一日おくれたりするのだ。

なぜ「すする」が出てこないのかと考えた。読むぶんにはまったく意識せずに読んでいる。それが書くとなると正確な漢字が浮かんでこない。


親鸞の時代には電子辞書などという便利なものはなかったはずだ。そうすると厄介な字を使うときには、何か分厚な辞書か専門書でも開いて確かめたのだろうか。

それとも弟子の唯円に、

「唯円や。ほら、あの字はどう書くんじゃったかのう」

などと、きいたのだろうか。

ステイホームの憂さ晴らしに、「読めるけれども書けない漢字一覧」というリストでも作ってみようかと考えた。もちろん、日常的に使う漢字に限る。本格的に取り組んだら、とんでもない数になるだろう。書けない漢字のほうがはるかに多いのは当然である。

最近、やたらとカタカナ語が濫用されているのは、漢字の使用法が窮屈になってきたせいなのかもしれない。「まん延防止」の「まん」など、それほど難しい文字ではないのに不思議である。

先日、雑誌の論評を読んでいたら、冒頭から〈コーポレートガバナンス・コード〉〈サスティナビリティ〉〈デジタルトランスフォーメイション〉などという表現が一気に出てきて出鼻をくじかれた。

しかし、これだったらどんな字だったかな、と迷うことはない。意味はよくわからなくても、書くぶんには楽である。

そのうち漢字まじりの文章は、西欧のラテン語のような存在になるのかもしれない。『鬼滅の刃』などというタイトルは、すでに漢字を雅語として、その効果を狙った用法といっていいのではあるまいか。

以前、私が書いた小説、『親鸞』が書店に並んでいたとき、通りかかった若いカップルの女性が、「あれ、なんて読むの？」ときいた。つれの青年がさりげなく、「オヤドリだろう」と言ったことなど思い出した。

第四章　デジタルよりもモノは語る

消えゆく電車内の風物詩

何度も書いたが、私の生活が劇的に変ったのは、新型コロナが蔓延しはじめた頃からである。

どういう訳かわからない。典型的な夜型人間から、昼型の生活に一変したのだ。それまでは、日が昇るとベッドにもぐり込み、夕方に目覚める。仕事をするのは、もっぱら深夜。朝になると寝るという規則正しい生活だった。

そんな暮らしが五十年以上、続いてきていた。一生こんなふうにして過ごすのだろうと思っていたのだ。

それが一変して、いまは毎朝、七時には目を覚ます。夜は十二時には眠りにつく。

どういうことなのか、さっぱりわからない。天の配剤とでもいうのだろうか。納得がいかないままに、そんな生活が今日まで続いている。

朝食の際に、その日の新聞に目を通すのも習慣になってしまった。何か活字を読みながらでないと食事ができないタチなのだ。

先日、いつものように朝刊をひろげて眺めると、妙に高齢者に関する記事が目についた。

〈65歳以上最多3640万人　全体の29・1%　世界一〉

という三段抜きの見出しである。「ジャパン・アズ・ナンバーワン」と胸を張ったのも今は昔、最近は各分野で世界ランクの下位に低迷しているのがわが国の現状だ。世界一位というのはひさしぶりの快挙である。

それにしても国民の約三分の一が高齢者とは。

自分の歳も忘れて思わずため息をついた。イタリア、ポルトガルなど世界の高齢者国を大きく上回って、世界最高の高齢者大国としてトップに君臨するわけだ。オリンピックなら金メダルか。

朝刊紙面の下のほうに目を転じると、おなじみの出版広告が凄い。右に『シルバー川柳』、左が『90歳、こんなに長生きするなんて。』という曽野綾子さんの新刊。その横が大先輩、佐藤愛子さんのご本の出版広告だ。『百歳以前』という文春新書の広告も目立つ。高齢者のつもりの私など、青っ洟（ぱな）たらした小僧っ子に感じられる迫力である。

このまま少子化がすすみ高齢化に歯止めがかからないとしたら、十年後、二十年後にはどうなるのだろうと、柄にもないことを考えた。

高齢化世界一の記事の横に〈年齢引き下げ相次ぐ〉という大きな見出しが目についた。〈男女七歳にして……同じうせず〉という白ヌキのコピーにつられて目を通すと、要するに銭湯での子どもの混浴年齢をめぐるニュースである。

そういえば昔、銭湯によく通っていた頃、幼ない女の子が父親につれられて男湯にはいってくるのを、よく見かけたものだった。

厚生労働省は昨年、「おおむね10歳以上」のままだった混浴制限の目安を「おおむね7歳以上」に変更したのだそうだ。要するに7歳以上の男の子や女の子は、親と一緒でも混浴はだめ、ということのようである。なるほど。

いまでも温泉地では混浴がめずらしくはない。なかにはそれを売りにしている場所もあったりする。昔は銭湯でも混浴が見られたという。筑豊の炭鉱地帯を描いた画家、山本作兵衛さんの作品などを見ると、女性の労働者たちが堂々と男たちに混じって入湯している。

子供たちへのアンケートによれば、6歳から7歳あたりで、異性の浴場に入るのは恥ずかしいと感じはじめるとのこと。

高齢者のニュースばかりが目立つなかで、子ども関連の話題にはなんとなくほっとするところがあった。


最近の新聞は広告が多い。右側のページは広告、と割り切って読んでいるが、ときには両面広告というのもめずらしくなくなってきた。

広告もまた貴重なニュースである。ことに月刊誌、週刊誌の広告は、つい丹念に読んでしまう。ことに週刊誌の広告となると、いやでも目に飛びこんでくる感じで、一読、最近の世相が体感されるような気がするのだ。

出版広告にも社風というのか紙風というのか、それぞれの社のスタイルというのがあって、一見、すぐに発行元がわかるところが面白い。最近、なぜか広告の社名を端っこのほうに隠すように小さくのせるのが流行らしいが、あれはなくったってバレバレである。活字の使い方、レイアウト、見出しの感じなどで一目瞭然だ。

広告といえば、電車の中吊り広告をやめる雑誌が多いらしいが残念な気がする。

満員電車の中で、天井からゆらゆら揺れる週刊誌や月刊誌の広告は、車内の風物詩という感じだった。

刺戟的なコピーが特徴で、顔をあげて凝視するのは、ちょっとはばかられるところがあった。

昔、友人が満員電車の中吊り広告で『セカンドバージン』というドラマのゴシップのコピーを見て、すごく興奮し、困ったことがあったという話をしていた。

「鈴木京香がさあ、〈ぐしょ濡れ哀願〉っていうんだから、たまんねえよなあ。ぐしょ濡れだぜ」

あわてててキオスクで週刊誌を買って読んだら、単に雨の中で撮影があったというだけの記事だったそうだ。

「あの頃は、オレたちも若かったんだよなあ」

その中吊り広告も消える。いろんなものが消えていく。それが世の中というものなのだ。

嫌うとモノは離れたがる？

このところ愛用していたサングラスがなくなった。薄いグレイのサングラスで、この五、六年ずっと使っていた縁なしの色眼鏡である。眼鏡に限らず、私は身辺の小物をよくなくす癖があった。大事な物もあり、そうでない物もあった。

物が失せるというのは、どことなく不思議なところがある。長く使っていた物で、そろそろくたびれてきたので取り替えようかな、と思っていると、突然、なくなったりする。

物にも心があるんじゃないかと、ちょっと怖い気持ちになることもあるのだ。

私は粗忽な人間である。身辺の物を扱うにしても、しごく大雑把で物忘れも多い。ふだん身につけている物が、突然どこかへ消えてしまうようなことがしばしばおこる。なんだか神隠しにあったようになくなってしまうのだ。

何年かたって、ひょっこり出てくることもあるが、ほとんどの場合、消えたままで出てこない。

考えてみると、これまでにどれだけ物をなくしてきたことか。万年筆とか、老眼鏡とか、買ったその日になくしてしまった物もあった。

若い頃、財布をなくして困ったことがあったので、この何十年かは財布を持たない。タクシーを降りるときに、ポケットから千円札や百円玉がこぼれ落ちて恥ずかしい思いをすることもしばしばだ。

新幹線の切符なども、無造作にポケットに押しこんでおくので、乗るときに見つからず大騒ぎすることもある。

長年ずっと使い続けた物がなくなるのは、こちらの気持ちが薄れたときかもしれない、とふと思う。

むかし弟と車で走っていて、

「この車もそろそろだな。替えどきかもしれない」

などと言ったりすると、弟はあわてて私をさえぎったものだった。

「そんなこと喋っちゃいけない。車にきこえるよ」

新しい車に替える話を車中ですると、きまっていまの車の調子が悪くなる、というのだ。

野生の動物が死期をさとって、群れから姿を消すという話を、子供の頃に本で読んだことがあった。物も、そんなふうに消えるのかもしれない。長年、愛用してきた物であればあるほど、そういうこともあるような気がする。

かつて外国旅行のときにカメラがなくなることが何度かあった。パスポートが消えたこともある。この場合は、はっきり盗難だとわかっていた。再発行してもらうために現地でしばらく身動きがとれなかった。

昔、いちばん大切にしていたのは、自動車の運転免許証だった。これだけは絶対に紛失したり盗まれたりするわけにはいかない。

作家というのは、何かのときに身元を証明する物がない。

「この本は私が書いたんです」

などと文庫本を出したところで役には立たないのだ。ペンクラブの会員証や、文藝家協会などの会員証には写真がついていないので、あまり役には立たない。

なんといっても自由業者が本人であることを証明するのは運転免許証である。それだけに高齢になっても免許証を何度も更新していた。そのつど実技のテストを受けてはキープしていたのだ。

それだけに運転をやめた後も、古い免許証をいつも携帯していたのはリタイアドライバーの未練である。

人生の落とし物、という言葉がふと頭の隅に浮かぶ。

思い返せば随分いろんな物をなくしてきた。物でない物を、どれだけ失ってきたのか。考えてみると思わず気持ちが萎えるところがある。

最近、昔のことをふり返ってみて、自分がどれほど多くのことを忘れ去っているかをしみじみ感じた。

都合の悪い記憶は、おのずと遠ざかっていく。そしてやがて忘れ去ってしまう。人は自分に都合がいい記憶だけを大事に残しておくものなのだ。

思い出すとギャーッと叫んで走り出したくなるような記憶もある。忘れたいと努力しても、心の隅にこびりついて消えない思い出もある。

自分がなくした物さえ忘れるときがくるのだろうか。

私は携帯電話というものを持ち歩かない。携帯しないのに携帯というのはおかしい、と自分でも思うが、きっと自分は携帯をなくしそうな気がして不安なのだろう。

私はそもそも携帯電話という物が苦手である。持ってはいても、ほとんど使うことがない。そもそも電話という物が嫌いなのだ。

嫌っている物は、たぶん持ち主から離れたがるにちがいない。そう思うと携帯を持ち歩くことが不安になる。どこかで消えようと隙をうかがっているんじゃないかと気になってしかたがないのだ。

五十年以上、いや、もっと長い年月、私のそばにいてくれている物がいろいろある。そういう物たちとは、心が通いあっているような気がして突然なくなったりすることはあまりない。

サングラスはついにみつからなかった。新しいのを買うのも面倒だし、それにマスクにサングラスというのもどうかと思う。

そのうちどこからかひょいと出てくるのではあるまいか。探さないことにしよう。

いい仕事してますねえ

コロナが流行る前の年のことである。

長年つかってきたベルトがかなりいたんできたので、そろそろ替えどきかな、と思っていた。三十年以上ずっと使用してきた古いベルトがボロボロになってきたのだ。

さいわい腹囲は昔とほとんど変っていないので、使用上はべつに問題はない。しかし全体にやはり賞味期限切れといいますか、やつれはてた感じが目立つ。この辺で、ご苦労さん、とリタイアさせてもいいんじゃないか、という気分になっていた頃だった。

たまたまデパートを歩いていたら、ちょっと洒落た感じのコーナーがあって、その一角がベルト売場になっていた。

なにげなく立ちどまって、ベルトに触ってみる。すぐに手で触るというのが田舎者の特性だ。超高級品であろうが百円ショップであろうが、意味もなく触る。

「それ、素敵でしょう」

と、背後から声あり。

ふり返ってみると二十代前半と見えるイケ面の男性店員が、婉然（えんぜん）と真白な歯を見せて頰笑んでいる。男性に婉然はないでしょう、と叱られそうだが、差別はいけない。眉毛は補整してあるし、唇はリップクリームで艶やかに光っているし、かすかにメンズ・ローションの香りもする。

「ベルトをお探しなんですか」

「あ、いや、ただなんとなく、いいベルトだな、と思って」

「さすがにお目が高い。これ、ジョン・ロブのベルトですから」

「え？　ジョン・ロブって、靴だけじゃないのか。ふーん、さすがだねえ」

「お客さまの感じですと、こちらのほうですね。サイズは調整できますから問題ありません。ただし、かなり長いあいだお預かりすることになりますが」

「値札がついてないけど」

「はい。お値段は――」

予想以上の金額に、驚いた素振りは見せまいと余裕の表情で、

「うん、いいね。存在感がある。でも、残念なことに、少し幅が広い感じがするんだ。

ぼくのズボンのベルト通しには、ちょっと無理かも」

「失礼ですが、拝見させて頂いてもよろしいでしょうか」

「どうぞ」

と、上衣を広げてズボンのウエストを見せる。

「はー、なるほど、なるほど。これは確かにタイトですね。ほかのおズボンも全部このサイズでいらっしゃるんですか」

「すべてそうなんだよ。ジョン・ロブのベルトは欲しいけど、ここは残念ながら諦めるしかないみたいだ。悪いね」

「いえ、失礼しました」

と、美店員氏、憑きものが落ちたような表情で去っていった。

〈このズボンのベルト通しが狭くて助かった〉

と、胸をなでおろしながら、その場を離れた。

私のズボンは、夏ものも冬ものも、その他のものも、ぜんぶ同じサイズのベルト通しがついている。それはすべてSさんという年輩の仕立屋さんが作ったものだからだ。

Sさんとは不思議なご縁があって、五十年以上前からズボンを作ってもらってきていた。ズボンだけである。スーツを仕立てたこともないし、ジャケット一着、オーダーしたこともない。ただひたすらズボンだけを手がけてもらってきた。

残念ながらSさんは十年ほど前にお亡くなりになった。それ以後、私は一本のズボンも買っていないし、作ってもいない。ずっとSさんのズボンをはき続けている。

私の愛用しているズボンは、それぞれ作ったときの年を記入してある。一九七〇年と記入してある夏用のズボンを去年もはいた。今年の夏もはくだろう。

さすがにシルエットが古すぎるので、Sさんをよく知る職人さんに裾幅を直してもらってはいている。いちどその職人さんが入院したので、伊勢丹のリフォーム部で直してもらったことがあった。

受付の年輩の係の人が、そのズボンを何度もひっくり返し、細部まで確認して、

「うーむ、いい仕事してますねえ」

と、首をふって呟いたのは、プロはプロを知る、といった世界でもあろうか。

しかし、Sさんには一つ、問題があった。おだやかな人柄なのだが、仕事に関して百二十パーセント頑固なのである。

「もうちょっと、ここをこう――」

などと言っても、まったく聞き入れてくれない。最初の頃は何度か口論になったりもしたが、結局、私のほうから折れた。

私の不満の一つは、Sさんの仕立てるズボンのベルト通しの幅が、おそろしくタイトなことなのだ。

ふつうの幅のベルトだと吸いつくようにキッチリおさまるのだが、ちょっとでも幅のあるベルトだと、もうはいらない。無理をして押し込むと、シルエットが崩れる。

「せめて一、二ミリぐらい広目にしてもらえないかなあ」

と、何度お願いしても、聞こえないふりをしている。

足が不自由なかたで、いつも足を引きずりながら、採寸にきてくださるのが常だった。

五十年たったズボンは、シルエットはやや古風でも、まったくたびれ感がない。来年もこのズボンをはけるのだろうか。

たとえジョン・ロブのベルトを締められなかったとしても、仕方がない。

古いモノには物語がある

最近、靴を買わなくなった。

昔は暇さえあれば靴屋さんをのぞいて歩いたものである。外国へいくと必ずその街の靴屋を訪ねた。

そんなふうだから一時期は部屋中、靴だらけだった。原稿を書く仕事に疲れると、いろんな靴をはいてみる。一度も外ではいていない靴が山ほどあった。

イタリアで塩野七生さんと対談をしたときにも、靴屋に連れていってもらった。シルバーノなんとかという店で、そのとき買った靴は今でもはいている。古いものでは一九五〇年代に買ったやつも健在だ。

学生時代、貧乏なくせに靴を大事にする友達がいた。仕事にあぶれた日曜日、彼の部屋を訪ねたことがあった。何か食べるものでもないか、相談するつもりだったのだ。

しかし、彼のところにも食べ物はなかった。彼は一日中、ずっと一足きりの黒の靴を磨いて過ごしていた。

その靴だけが自分の存在理由であるかのように、彼はひねもす靴を磨き続けていたのである。彼の部屋にはサルトルの『自由への道』しか本はなかった。

私はあまり靴を磨かないほうだった。靴はフットギアである。歩くことに適した靴がいちばん美しい。ピカピカの靴が目立つのは、あまり好きではなかった。

私は中年を過ぎるまで、健脚自慢だった。

「イツキさんは歩くのが速いですね」

と人にも言われ、自分でもそれを自負していた。階段を見ると昇らずにはいられなかった。女人高野といわれる室生寺の、七百余段の石段を三度も往復したりもした。テレビ番組の撮影のときである。

リハーサルで一回、本番で一回、番宣用のスチール写真の撮影で一回。それでも平気だった。

ところが、この二十年来、脚に痛みが出てきて、すっかり歩けなくなってしまった。最近は杖をついて、三本脚でようやく歩く始末だ。

靴のほうも自然に歩きやすい靴に偏ってしまう。最近はラバーソールのスエードの靴をもっぱら愛用している。山積みになっている靴を手にとって眺めながら、いろんなことを考える。

それぞれの靴に、それぞれの思い出があるからだ。

若い頃、ブルーのスエードの靴をはいて横浜の海岸通りを歩いた。ブルースカイというナイトクラブの前を通ったら、「原信夫とシャープス・アンド・フラッツ」の看板が出ていた。

馬車道のベンチには「港のメリー」さんがいた。

本牧の店でハマジルを踊った。ハマジルとは横浜ふうのジルバのことである。リズムのとりかたが、独特なのだ。そういえば往時、新宿の紀伊國屋ホールのステージで、紅テントの李麗仙さんとジルバを踊ったことがあった。

先日、彼女の死亡記事には、どれも「アングラの女王」という見出しがついていた。「アングラって何?」ときかれそうな今日この頃である。

私がまだピカピカの新人の頃、『平凡パンチ』という一世を風靡した週刊誌があった。

ある日、その雑誌の編集者がやってきて、連載小説を書けと、しきりにすすめる。どこかひとくせありそうな人物だった。ロシア文学にくわしく、妙に話が合う。

そこで連載をやることになって、『青年の荒野』という題名にした。ところが彼いわく、「タイトルには動詞が欲しい感じだね」

その口調になんとなく説得力があった。そこで彼の意見を入れて、『青年は荒野をめざす』とした。

連載がはじまってしばらくして、タイトルの文字がいまひとつ冴えない、と、彼が言いだした。どこか「一言居士（いちげんこじ）」という感じの担当編集者なのである。

「だれかいい文字を描くアーチストいないだろうか」

と、相談すると、

「おもしろい男がいるけど、頼んでみるかな」

「気難しいアーチストなのかい」

「いや、そうじゃないけど、ルイ・ヴィトンの鼻緒（はなお）の雪駄（せった）なんかはいてるとかいう噂のある青年で」

「えっ、ルイ・ヴィトンが雪駄まで売りだしてるのか」

「古いバッグをハサミでバラして鼻緒にしてるとかいう話だったけど」

「そいつは凄い。ぜひ頼もうじゃないか」

と、いうことでタイトルの文字を描いてもらうことになった。なるほど、格調があり、しかも若々しい、素適な文字である。伊丹一三（いちぞう）というのが、そのデザイナーの名前だった。のちの伊丹十三である。俳優や演出家活動などのほか文才にもたけ、『ヨーロッパ退屈日記』その他、洛陽の紙価を高める好著を世に送った。

それにしてもルイ・ヴィトンの鼻緒の雪駄というのは本当だろうか。ゴシップにしても華がある感じである。

その件の言いだしっぺの編集者は、ゴッさんと呼ばれていた。のちに雑誌社をやめ、純文学の世界で「内向の世代」の作家として活躍することになる。若き日の後藤明生である。

靴の話が昔ばなしになってしまった。古いものには物語がある。依代（よりしろ）として過ぎ去った時代を呼びおこしてくれるのだ。

はかない靴を眺めながら、きょうもステイホームの日々が続く。

老眼鏡なしで新聞を読む

世の中に不思議なことはいろいろあるものだ。

物が失せる、ということもその一つだろう。つい先ほど、その辺に置いたはずのものが見当らない。まるで神隠しにあったかのように、忽然と消えてしまうのだ。

加齢による物忘れと言ってしまったのでは、どうも納得できない場合が多すぎる。とりあえず、不思議なことはある、と自分に言いきかせて諦めるしかない。

失せやすいものの一つが、老眼鏡である。念のために複数の眼鏡を用意してあるのだが、それらが申し合わせたように一斉に消え失せることがある。

紐をつけていつも首からさげておくという手もあるが、なんとなくわずらわしい。

しかし不思議なことは、物が消えることだけではない。

先日、ふと気がついたら眼鏡をかけずに新聞を読んでいた。驚いて胸ポケットをさぐってみると、老眼鏡はちゃんとはいっている。

これはどういうことなのか。あらためて紙面を眺めてみると、米国の大統領選挙の予想記事がのっている。ひと月ほど前の話だ。

見出しは勿論、解説記事も一応、読めるのだ。少し字がにじんではいるが、それでも不自由を感じるほどではない。

念のため老眼鏡を取り出してかけてみると、これはもうバッチリだ。新聞の紙質までわかるほどの明瞭さだが、そこまで見える必要はないだろう。

老眼鏡をかけたり、はずしたりと、しばらく実験をくり返してみたが、とりあえず眼鏡なしで新聞の記事が読めたのである。

なんとなくキツネにつままれたような気分だった。

私が老眼を意識しはじめたのは、四十代の後半あたりではなかったか。最初は老眼だとは意識せず、目をこすったり、明かりを調節したりと無駄な抵抗を試みていた。

やがてそれが老眼のはじまりだと気づいたときは、正直、がっくりきたことを憶えている。人間は老化するものだと知ってはいたが、わが身に即しては考えてもいなかったのだ。

それ以来、四十数年の老眼とのおつきあいである。眼鏡を持ってくるのを忘れて、出先で大あわてしたことなど、老眼鏡にまつわる失敗は数かぎりない。

それが、ある日、突然に新聞のこまかな活字が読めたのだ。

コロナが蔓延しはじめてから、私はいくつか奇妙な体験をした。たとえば五十年あまり続いてきた夜型の生活が、朝型に変ったのもその一つである。この原稿もいま、朝食後に机にむかって書いている。午前中にはＦＡＸで送稿する予定だ（ＦＡＸとは、なんという古風さだろう。奥ゆかしささえ感じる言葉ではないか）。

と、いって私は早寝早起きの健康生活を礼讃しているわけではない。朝はやく起きて、夜はやく寝るような暮らしは異常だと今でも思っている。私が朝型人間に転じたのは、加齢による衰弱現象にすぎない。

それはさておき、老眼鏡なしで新聞が読めるようになったというのは、一体どういうことだろう。世を去る前の一瞬の命の輝きなのだろうか。それとも何か科学的な理由があるのだろうか。

いろいろ考えてみたが、なかなかこれという原因は思いつかない。ただ一つ、心当りがあるとすれば、目の使い方が変ったことぐらいである。

私はこれまで少年時代からずっと本を読むのが好きだった。なにも高尚な本である必要はない。要するに活字中毒である。活字でありさえすれば、洗剤の説明書であれ、競馬の予想であれ、目を凝らして読む。

電車に乗っても外の風景など眺めたことがなかった。新幹線の車内で、

「きょうは富士山が綺麗に見えますねえ」

などと話しかけられても、「そうですか」と、雑誌を読み続けるタイプだったのだ。

それが最近、やたらと遠くを眺めるようになった。べつに西方浄土を夢見ているわけではない。昼間、人気のないあたりをぶらぶら徘徊するようになり、自然に遠方を凝視するようになったのである。むかしだったら徘徊するにも車を走らせるところだが、四半世紀前に免許を返上してからは自分の脚で歩くしかない。

痛む脚を引きずりながら、あちこち歩く。

疲れると立ちどまって、空を見たりする。雲がこんなに速く動くことを、この年になってはじめて知った。高台からは遠くの山々も見える。ベンチに坐って、遠くのビル街を眺める。

三十分ほどひたすら遠方を眺めていると、なんとなく目の奥がすっきりしてくるような感じがあった。これまで三十センチぐらいの距離でしか外界を見てこなかったのだ。活字を読むより、人の声をよく聞くようになった。ラジオもある。テレビもある。カフェでは周囲のざわめきもある。ソーシャルディスタンスをとっていても、耳にはいってくる人間の声は絶え間がない。

そんな暮らしが春頃から続いて、ある朝、突然に老眼鏡なしで新聞が読めたのである。

これからも出来るだけ遠くを見るようにしよう、と思う。ひょっとして老眼の進行をおそくする養生の一つが、「遠くを見る」という方法かもしれない。世の中には不思議なことがあるものだ。

「断捨離」なんてとても無理

「断捨離」といえば流行語として登場した言葉であるが、いまなお健在である。わが国だけでなく米国やその他の国々でも話題となった。

モノを捨てる、という決断には、なかなか魅力がある。一遍上人は捨て聖（ひじり）として、時代を超えてその生き方を追慕する人が多い。

〈人間本来無一物〉などという言葉も、長く人々の心に生き続けているようだ。

しかし、一方で捨てることに対する反省も次第に広がりはじめている。

最近、カーボンニュートラルなどという言葉をしばしば耳にするようになった。私たちが現在、捨て続けているものに対して、ようやく世界的な反省が生まれてきたらしい。

海中に漂うプラスチックゴミひとつとってみても、私たちの「捨てる生活」がどれほど深刻な事態を引きおこしているかがわかる。

メルケル首相が、ドイツの水害を視察して、

「この惨状を表現する言葉がない」

と、ため息をついたという。あの剛毅なメルケル氏を呆然とさせたドイツの水害は、テレビで見ても相当なものだ。

豪雨、水害、気候変動など、さまざまな自然の異変は、どうやら現代人の捨てる生活様式に原因があると考えるのが自然だろう。

「おれたちが原稿用紙を使って仕事をしているのも問題だな」

と、同業者のひとりが腕組みして言った。

たしかにそうだ。原稿用紙の一枚一枚が、地上の森林を伐採した樹々から作られる。書き終えた原稿用紙はゴミとして自然界に廃棄される。

「やっぱりパソコンを買おうか」

と言ったら、電力だって問題があるんだからな、と笑われた。

私はこれまで「捨てない生活」というのを、ひそかなモットーとしてきた。身のまわりのモノを、できるだけ捨てない。したがって部屋の中はゴミの山である。

モノを捨てないだけではない。年に四回、季節の変り目ぐらいしか頭を洗わない。風呂にはいっても体の垢は流さない。古い靴やズボンなども山のように積み上っている。部屋の掃除もほとんどしない。仕事部屋で動ける範囲は一メートル五〇センチ四方に過ぎない。大きな地震がくれば、モノに埋もれて窒息するしかないだろう。

一遍上人の捨てる生き方とは、本来、所有しないことが前提になっているはずだ。モノを入れながら出さないという生活は、そもそも無理な話である。

引出しをあけると、古い下着類が一杯つまっている。ほとんど何十年も使ってきたものばかりで、なかには破れてボロボロになったものもある。

しかし、不思議なことに真新しい下着よりも、破れてクタクタになった下着のほうが着心地がいいのだから不思議である。モノを大切に使っているのではなく、古ければ古いほど肌によくなじむのだ。

「モノを捨てないと、部屋中ひどい有様になるでしょう。どう処理してるんですか」

と、きかれることがある。

「うん、そこはまあ、自然に——」

と、曖昧な返事をしているが、それは説明したところで納得してもらえないだろうと思っているからだ。

長年の乱雑生活のなかで、私が発見した真理がある。それはこういうものだ。

〈乱雑さは一定の限度に達すると、それ以上進行しない〉

という法則である。


モノがたまってくると、当然、部屋は乱雑になる。しかし、それが一定の限度をこえると、その乱雑さはおのずとバランスを保って、それ以上進行しない。

世の中には乱雑の秩序とでも言うべきものがあると私は思っている。あわてて整理したりする必要はない。なりゆきで自然におさまるところにおさまるものなのだ。

それは書く仕事についても同様で、仕事の量が少いときも、やたらと多いときも、忙しさの実感においては同じことのように思われるのである。

むかし、原稿の締切りが重なって、カンヅメになっているホテルの窓から飛びおりようかと思ったことがあった。しかし、それでもなんとかなるものなのだ。

休筆と称して、何年か執筆を休んだ時期もあった。ほんのわずかな連載の仕事だけを抱えて京都で暮らしていたのだが、忙しさの実感はフル回転のときとほとんど変らなかった。小さくても大きくても、原稿の締切りは同じプレッシャーなのである。

捨てない生活。

それが私の理想であるが、現実にはなかなかそうもいかない。

若い頃、外国の街角で発作的にパスポートを道路に放り出したことがある。こんな手帖一冊にしばられている生き方はつまらない、と思ったのだ。

しかし、パスポートが地上に落ちた瞬間、私はあわててそれを拾いに走ったのだった。バガボンドとして生きる覚悟も、能力もない自分に気づいていたからである。

私たちはいろんなモノたちに囲まれて暮らしている。モノだけでなく人間関係や、仕事や、悩みなど、山のように背負って生きているのだ。自分にはとても「断捨離」は無理だと、いまさらのように思う。

第五章　言葉に尽くせぬこともある

孤独感を測る尺度とは

私のところへもワクチン接種の申し込み票がとどいた。

「イツキさんはどうします。ワクチン注射、受けるんですか？」

と、若い編集者がきく。

「うん。月末あたりに混まないようになったら、いくことにしようと思う。折角、高齢者に優先権をあたえてくれたんだから」

「アメリカや英国あたりでも、ワクチン接種を断固拒否する層が結構いるらしいじゃありませんか」

「そうらしいね。でも、科学的根拠というより、宗教的信念とか、いろんな理由があるんじゃないのかな」

「親鸞はどう言っておられるんですか」

「さあ。薬あればとて毒を好むべからず、と言われたそうだが、当時はワクチンなんてなかったから」

「もし、あったとしたら親鸞は接種の行列に並んだでしょうか」

「うーむ」

親鸞がどうおっしゃるかはわからないが、私は接種を受けるつもりでいるのだ。べつに科学的エビデンスや確率論などの理由ではない。

もし冷蔵庫のコンセントが外れていて、ワクチンが役立たずになっていたりしたとしても、それはそれで諦めるしかないではないか、と思うのである。

「なるほど。国民大衆と共に、という共同感情ですね。しかし、そういう発想が愚かな戦争へ私たちを駆りたてた、ということも考えられるんじゃないでしょうか」

「ワクチン注射と戦争とは関係がないだろ」

「いや、大いにあります。挙国一致というか、一億一心とか、戦前はそんなこと言って国民をあおったんでしょう？」

言われてみれば、たしかにそんな気がしないでもない。国民みんなが死ぬなら一緒に国に殉じよう、という感情が、当時、少年だった私にもあったのだ。ワクチンとファシズムの関係について、ふと考えるところがあった。

私はなぜワクチンを打とうと思っているのか。

感染し重症化して死ぬのが怖いわけではない。この年まで奇しくも命ながらえて、もう十分に生きたではないか。自分は一体、なにを恐れているのだろう、と、あらためて思った。


一晩、寝ずに考えて結論が出たのだが、私が恐れているのはウイルスに感染することではない。むしろ大多数の人びとの流れにひとり逆行して、孤立することがいやなのではないのか。

最近、しきりに孤独とか孤立とかが話題になっている。子供たちと女性の自殺が激増している理由にも、孤独や孤立があげられているようだ。

英国にならって、孤独・孤立対策担当相を政府が任命したのは、つい先頃のことだ。選ばれた人には、知人、縁者からお祝いの電報や電話が届いたのだろうか。国会で質問されて、

「孤独担当大臣」

と、議長に回答をうながされるときは、どんな顔をして演壇に向かえばいいのか。い

かにも肩書きにふさわしく、孤影悄然と肩を落して対応するのは、さぞ大変なことだろう。

私自身は孤独は嫌いではない。だが、孤立はしたくない気持ちがある。

先日の新聞で、人の孤独感を測る科学的指標があると知って驚いた。

〈ＵＣＬＡ孤独感尺度〉

というのがそれだという。ＵＣＬＡは有名な米国カリフォルニア大学ロスアンゼルス校のことだ。

ここで開発されたのが、孤独感を科学的に測定する指標で、英国では早速この尺度を採用、孤独対策に活用しているという。

親鸞は信仰の上では孤独ではなかったが、実人生においては孤独な人だったと思う。

「父母のために孝養せず」

とか、

「親鸞は弟子一人ももたず云々」

とか、人口に膾炙（かいしゃ）する名文句がいくつもあるのだが、私はこれを素直に親鸞の真情がにじみでた述懐と受けとめてきた。

親鸞には不思議なほど両親の影が感じられないし、また幾人もいた弟たちのこともあまりわからない。

関東の弟子たちとの深い関係は有名だが、真の弟子といえる人びとは、はたしていたのだろうか。自分を師として慕い、変ることなく誠実に自分を支えてくれる弟子たちは少くない、しかし——という苦い思いを感じるといったら叱られるだろうか。

京都で晩年の親鸞に誠心誠意つかえた直弟子唯円にしてもそうだ。

同じく親鸞の最期を看取った娘にしてもそうだった。彼女は親鸞の往生に際して、なんらかの奇瑞がおこるのを期待していたかのようである。

師法然に対する親鸞の終生変らぬ尊崇の念は、一種、思慕の情にちかい熱いものだった。そこに親鸞の実人生における孤独を感じるというのは、下司の勘ぐりと言うべきかもしれない。

自分が死んだら鴨川の水に流せ、と言ったという話は、おそらく本心からの吐露だろう。しかし、それを実行した弟子たちはいなかったようである。

おそらく親鸞の葬儀は、娘や弟たち家族の手によって、それなりに執り行われたことだろう。

私がひそかに妄想するシーンは、その後、一片の遺骨を盗みだして、深夜、鴨川の水際にたたずむ弟子、唯円の姿である。

古くなる言葉と新しい言葉

先日、町場のパスタ屋さんでスパゲッティを食べた。ちゃんとしたコースをとって食事をするような店ではない。サラリーマンや学生などが、ピザやパスタの単品で腹ごしらえをして、さっと出ていくような軽便な店である。

やはりコロナのせいで、店内はガラガラだった。

それなりに職人気質の店らしく、

「パスタの生地は、腰のあるものにしますか？　それとも普通の――」

などとたずねてくる。

「普通のにしてください」

かなり待たされたが、味はなかなかのものだった。食べ終えてナプキンで口をぬぐったりしていると、若いウエイトレスがやってきて、

「ドルチェのほうは大丈夫でしょうか？」

と笑顔できく。

「は？」

一瞬、大丈夫、という言葉の意味が理解できずに戸惑ったが、すぐに直観がはたらいて、

「ドルチェのほうはいりません。コーヒーだけで大丈夫です」

と答えた。前にもどこかで、大丈夫という言葉の最近の使われ方に出会ったことを思いだしたからである。

以前は大丈夫といえば、仲間が転んだりしたときに「大丈夫かい？」などと聞くのが普通だった。

「ダイジョーブイ！」

とかいうギャグもあった。

その店のウエイトレスが使った「大丈夫」は、「デザートに何か甘いケーキなどはいかがですか？」と、いった意味だろう。

要するに食後のお菓子を注文する意志はあるのか、ないのか、とたずねているのだ。

しかし、ただ質問しているわけではない。無理にとは言わないけれども、おすすめしま

す、という意志を婉曲に丁寧語として表現したのではあるまいか。

コーヒーを飲んで店をでるとき、

「お味のほうはいかがでしたか」

と、きかれたので、

「大丈夫」

と答えたら、ニコっと笑って送りだしてくれた。ちょっと今どきの人になったような気分だった。


言葉は生きものである。時代とともにどんどん変容していく。

古い表現だが最近は、「重箱の隅をつっつく」などと言う人が多い。大学の教授で有名な評論家の先生もそう書かれていた。そんな風潮に流されて、どこかの講演会でつい「重箱の隅をつっつくような」と喋ったところ、打てば響くようにお叱りの手紙がとどいた。

そういう手紙は、見ただけでわかるものだ。和紙の封筒に筆書きが定番である。それに右肩上りの文字とくれば、これはもう封を切らずともクレームの手紙だと思ってよい。

〈先日の貴殿の講演拝聴しましたが、どうでもいい話で予想通りでした。ただし、「重箱の隅をつっつく」はいけません。正しくは「重箱の隅をほじくる」。作家たるもの言葉には常に厳しくありたいもの。自戒を望む次第です〉

たしかにうっかりして「重箱の隅をつっつく」と口走った記憶はあった。それは反省している。

しかし、と心の中で思うことがないでもない。それほど厳格に日本語の言葉づかいを論ずるのならば、「重箱の隅をほじくる」ぐらいで威張っていてはだめだろう。

私の父親は国語と漢文の教師で、いわゆる「亜インテリ」の典型である。それだけに言葉づかいにはうるさかった。

「重箱の隅をほじくるなどと言うが、いったい何でほじくるんだ。まさかシャモジでほじくるわけじゃあるまい。ちゃんと〈爪楊枝（つまようじ）の先で重箱の隅をほじくるような〉と言ってもらいたいものだ」

と、いうのが彼の意見だった。

しかし、それではいかにも長すぎて面倒だ。そこで「重箱の隅をつっつく」と簡略化されてきたのも時代の流れというべきだろう。

どこかで若い人相手にそんなことを喋っていたら、「ツマヨージって、なんですか」ときかれた。

そういえば、最近、死語となった言葉に意外なものがあった。新聞で言葉をやさしく説明する欄があり、そこで「空襲」という言葉の解説がされていたことである。

「空襲とは、飛行機で空から地上に爆弾などを投下して攻撃すること」、と説明してあり、東京大空襲のことにも触れてあった。

空襲がわからないくらいなら、防空頭巾などは、完全な死語だろう。

古い言葉がどんどん消えていく一方で、新しい言葉がつぎつぎと登場してくる。

「いよいよＡＶの時代にはいったようだな」

と、同世代の友人が言う。

「そんなもの昔からあったじゃないか。いまさらめずらしがることもないだろ」

と、私。

「いや、これから出てくるのは、これまでのＡＶとはちがう。持続時間もうんと長いし、パワーもすごい。食わず嫌いであれこれ言うのはまちがっている」

「その年でＡＶに興味があるとは、えらいもんだ。見習いたいね」

「いや、おれは自動車の未来を語ってるんだよ」

「なんだ、ＡＶじゃなくてＥＶか」

新語もいいが、発音には気をつけなければ。

言葉を操作する覚悟と知識

今朝、空をゆく雲を眺めていると、すでに秋の気配があった。こうして一年が過ぎていくのだろうか。

朝食を食べながら新聞を読む。

私は昔から品のない食べ方をすることが自分でも気になっていた。べつに行儀が悪いわけではない。食事の前には「いただきます」と手を合わせる真似もするし、嫌いなものを食べ残すこともしない。

問題は一つ、要するに極端な早食いなのである。まわりの人が会話などを楽しみながら落ち着いて箸をすすめるのを横目に、ごちそうさま、と小声でつぶやく。

たぶん戦中、戦後の後遺症なのだろう。「早飯早糞芸（はやめしはやぐそげい）のうち」といわれた時代に育ち、戦後は欠食児童の一人だった。急いで食べなければ他人に横取りされかねないのが、私の少年時代だったのである。

食べるスピードを落とすために、さまざまな工夫もした。よく噛んで食べるとか、ときどき箸をおいて窓の外を眺めるとか、いろいろためしてみた。しかし、それも限度がある。

ある本を読んでいたら、新聞を読みながら食事をせよ、と書いてあった。なるほど、と納得して、食卓に新聞を用意することにした。

毎日のように何かが起こる。ため息をついたり、笑ったりしながらページをめくる。なるほど、親の敵(かたき)のように皿の上のものを食い散らかすこともない。

しかし、問題は新聞を読む姿勢だ。食卓の上に広げて読むわけにもいかないし、片手でホールドして目を通すのもむずかしい。折ったり、たたんだりも大仕事である。読みながら箸を運ぶというのは、どだい無理なのだ。やはり新聞は食後に番茶でもすすりながら、ゆっくり眺めるものなのだろう。しかし、それでは記事を読みたくて、早食いがいっそう昂(こう)じることになりかねない。

一計を案じて、食べるのを一度、途中でブレイクすることにした。半分ほど食べ進んだところで箸をおき、しばらく休憩する。両手で新聞をひろげて、しばらく紙面に目を走らせる。スポーツ面と社会面は残して、前半の数ページを熟読翫味する。株式欄はパスして、読者の声とか投稿川柳とかも読む。

十五分ほど食事を中断して、ふたたび新聞をたたみ、箸をとる。

こうしてそれまでの早食いを、ある程度修正することができた。それでも三十分はかかっていない。

こうして新聞を読むようになるにしたがって、これまで無関心だった世間のことがいろいろ気になってきた。テレビだけを見ていると、世界にはコロナ問題しかないような錯覚におちいりがちなのだ。世の中にはいろんな問題が山のようにあるもんだなあ、と、ため息をつきながら記事を読む。

今朝の新聞でちょっと面白かったのは、日経新聞の一面の見出しだった。

右側に大きな活字で、

〈医療防護具　中国頼み〉

とあって、マスクなどの医療用の装備が八割がた中国からの輸入品であるという記事だ。

その同じページの左側に、こんな見出しが出ていた。

〈防衛装備　官民で輸出拡大〉

記事を読むと、要するに以前の「武器輸出三原則」にかわって二〇一四年に定められた「防衛装備移転三原則」にもとづき、防衛産業の市場拡大を官民でめざす、という内容である。

政治・経済のことに関しては、からきし常識がないので、見出しのコントラストに興味をおぼえたのだった。「対句（ついく）」というか、問題の対比がすこぶる巧みである。片や「医療防護具」、片や「防衛装備」。片や「輸入」、片や「移転」。

この「移転」という表現がミソである。以前は「輸出」だったのを言い替えたところに苦心の跡がある。「全滅」を「玉砕」といい、「敗走」を「転進」と報じた時代のなごりだろう。「防衛装備」とは「武器」のことだろうか。

要するに「身を守る」ものは中国から輸入する。「敵を攻める」ものは輸出する、という話だ。

この言葉の言い替えは、いかにもうさんくさい。「防衛装備移転」などと言わずに「武器輸出」としたほうがいさぎよい、とは誰もが思うことだろう。

日本語は曖昧表現に味がある、とはよく言われるところだ。たしかに婉曲な言い廻しは文化の水準の高さの反映かもしれない。私は九州出身の田舎者だが、表現の繊細さに対しての敬意と憧れはある。しかし、それでも「輸出」を「移転」とする感覚には、ついていけない感じがするのだ。

この数年、世間にこの手の言い替えがやたらと多くなったような気がするのは私だけだろうか。

言葉遊びは文化である。教養でもある。しかし、遊びを実利に転移するのは感心しない。

今回のコロナ禍に関しても、いろんな言葉の工夫があった。なかには日本語に訳しづらい横文字の表現も少くない。

「三密」という古来の仏教用語も、すっかり変容して、本来の意味を考える人はほとんどいなくなってしまった。

言葉は世の中を動かす力をもっている。その言葉を操作するには、それなりの覚悟と知識が必要だろう。「三密」のイメージ・ダウンも世の中の流れというべきだろうか。

キャッシュレスの時代に

最近、コンビニなどで現金を出すのが、気恥ずかしいような雰囲気になってきた。ほかのお客がピッと音をたてて、素早く立ちさっていく。携帯とかカードなどで支払う人が多くなってきたのだ。

千円札を広げて、小銭をポケットから出して、一円玉を数えていたりしていると、うしろの客がイライラしているのがわかる。店員さんも面倒くさそうだ。

しかし、なんとなくカードで買い物をするのが気になるというのは、すでに時代とズレてきたということだろう。仮想通貨などというのも出てきて、そのうち本当にキャッシュレス社会になりそうな気配だ。

以前、『親鸞』という小説を書いたときに、当時の通貨について少し勉強したことがあった。十二世紀から十三世紀にかけての時代である。当時はもっぱら宋銭というものが流通していたらしい。宋銭は文字通り中国の貨幣である。むこうの金を、船に積んで輸入したもののようだ。

貨幣は流通しているあいだに、すりへったり、錆びたり、変型したりする。そのため撰銭（えりぜに）、ということをした。上質の貨幣と、いたんだ銭とを分ける作業である。

しかし、貨幣が流通する前は、どんなふうに売ったり買ったりが行われていたのだろうか。普通に考えれば、物々交換である。モノを交換するのはわかるが、街頭や河原で春をひさぐ遊君を買うときにはどうしたのだろう。モノで支払うといっても、持ち運びが邪魔なのではあるまいか。銭はその点、まことに便利な道具ではある。

宋銭が流通する以前、もちろんわが国独自の通貨がないわけではなかった。要は信用度の問題である。戦後の米ドル札のように、世界中で流通する大国の通貨が宋銭だったのだ。やがて比叡山が大きな金融センターとして動きはじめる。京都の町にも銀行の支店のような業者が次第に増えてくる。

そんな時代から今日まで、私たちは長いあいだ現物の通貨を利用してきた。敗戦後は軍票というものもあった。新円切り替えもあった。

私が学生の頃は、山手線の初乗りは十円だった。二十円あれば盛り蕎麦を食べることができた。トリスのシングルが三十円で飲めた。

そんな時代からずっと現金を使ってきたのである。『現金(げんなま)に手を出すな』というジャン・ギャバンの映画もあった。

そんなこんなで、形のある通貨にはなみなみならぬ未練がある。薄っぺらなカード一枚で、すべて用が足りる世の中というのが信用できないのだ。

お坊さんのお布施も、ピッとカード一枚で済むようになるのだろうか。いや、たぶんなるだろう。中国では、物乞いの人までカードの支払い機を持っているという話だ。ピッ、ピッ、ピッ、と世の中が動いてゆく。

現金で払うときには、大きな喪失感がある。それだけに購入したものの重さが感じられるのだ。大事に使おうとか、味わって食べようとか、自然にそんな気持ちになってくる。

最近は私もタクシーの料金をカードで払うようになった。ピピッと音がして、「ハイ、大丈夫です」と言われるとほっとするところがある。

昭和二十年春、当時の国民学校を卒業して中学に進学したとき、父親から小遣いとして大きな五十銭玉をもらったことがあった。それまで小遣いはもらわなかったのだ。必要なものがあれば、頼んで買ってもらっていたのである。その五十銭玉は、重くて立派だった。それを使うのが勿体なくて、ずっと長いあいだ大事にしていたことを思い出す。

しかし考えてみれば、物々交換の時代の人たちは、銭というものが流通しはじめた頃、大きな異和感と喪失感をおぼえたのではあるまいか。

苦労して育てた家畜や野菜を、銭で売り買いされる時代に、たぶんすぐにはなじめなかったにちがいない。手にした貨幣を見て、なんだこれは、とけげんに思ったことだろう。この小さな銭で、いろんなものが手にはいるのかと、一種の味気なさを感じたはずである。

時代の移り変りとは、そういうものだ。私が現金にこだわっているのは、旧人類だからである。時代はカード一枚で、ピッ、ピッ、と動いていくのだろう。

しかし、初詣でのお賽銭はどうするか。たぶん賽銭箱の横に読み取り機がついて、ボタンを押せば金額が出る。十円でも百円でも千円でも、ピッ、でいいのだ。

問題はカードさえあればすべてがＯＫというわけではないことだ。ピッという心地よい音のかわりに、ブーとか、無音とか、残念な反応がおこることもありうる。原資があってこそのカードだろう。

そんな時には、借り入れという策も用意されるにちがいない。簡単にカードを置くだけで借りることができるシステムだ。支払い能力や借り入れの前歴なども、すべてカードにはいっていて、何の面倒もなくなる。ピッと鳴ればよし、無音だとお手上げだ。

いずれ消えてしまうのかと思えば、現行の千円札や一万円札にも愛着がわく。しわをのばして一枚ずつ大事に財布にしまう。長いあいだご苦労さんでした、と、いたわる気持ちもあるのだ。

地獄はどこへいったのか

人を善人と悪人に分けるというのは、すこぶる乱暴な考え方である。

善い人、悪い人、ぐらいは、まあ、普通の感覚だろう。若い娘さんを欺して、何百人となく風俗の店に送りこんだという大学生たちのニュースをきいて、世の中には悪い連中もいるもんだと思ったりするのは、世間一般の判断であるにちがいない。

「都会には悪い人たちも一杯いるんですからね。気をつけなきゃだめよ」

などと、地方から上京する娘さんに心配そうに念を押す母親の顔が目に浮かぶ。

しかし、善人と悪人、という対比はどことなくむずかしい。自分を百パーセント善人であると断言できる人が、はたしているだろうか。

といって、「オレは悪人だ」などと堂々と大見得を切られても困る。小悪党ぐらいは世間にごまんといるが、本格的な大悪人、となるとそうざらにはいないような気がするのだ。

法然、親鸞などの宗教家がいわゆる「悪人正機（あくにんしょうき）」的な信仰をとなえたことで、大きなセンセーションを巻きおこした時代があった。

当時の世の中の人びとの大半は、自分は悪人であるという思いを心に抱いていたようである。

そして善人と自称するためには、相当な資格が必要だった。

まず財力である。造像起塔（ぞうぞうきとう）などといって、大きな寺や塔などを建て、沢山の仏像をつくって贈与する。数々の聖典を書写させて立派に装幀し、何百巻となく寺院におさめたりもする。莫大な布施をするのは当然だ。

また仏門に入って修行するのも大事な善行だ。家族、親戚から僧侶がでると、一族にまで御利益があると考えられたりもした。

さらに戒律を守ることも善人の条件である。僧侶にはめったやたらと沢山の戒や律が課せられるが、一般人も五戒など最低限の守るべき行為があった。

しかし世間の人びとに、酒は飲むな、嘘はつくな、などといったところで、そうはいかない。結局、善人の条件である善行を積むことは常人には不可能である。となれば、悪人に分別されるしかない。

生きて妻子を養っていくためには、嘘もつく。殺生もする。道ならぬ恋もする。ましてや末法の世の中とされている時代である。

殺生というのは、最大の悪と考えられていた。しかし、なにも魚や鳥獣をとるだけが殺生ではない。篤農といわれても、稲は人に食われんとて実をつけるのか。果物も野菜も命あることには変わりはない。

むしろ最も殺生に縁のあったのは、武者（むさ）といわれた職業的戦闘集団である。武士が尊敬されるようになる以前のことだ。彼らはことあるごとに傭兵として活躍した。要するに人を殺すことを仕事とするプロたちである。

そういう時代に、オレは善人だ、と自信をもって言える立場の人たちは、ごくまれであったにちがいない。たとえ高貴な身分であったとしても党利党略の渦の中で生きている。

「悪人も皆すくわれる」

「いや、悪人こそが、仏のすくいの対象なのだ」

というメッセージは、まさに旱天の慈雨として感じられたにちがいない。

では、一体なぜ人びとはそれほど悪人であることを怖れたのか。身もふたもない言い方をすれば、それはだれもが皆、地獄に落ちることを心配していたからだろう。

地獄、極楽、などという。あまり極楽、地獄とはいわない。当時の人びとにとっても、極楽のイメージは、それほど魅力的ではなかったのではあるまいか。

暑さ寒さがない、妙なる音楽が流れている、美麗な宮殿があり、美しい花々が咲き乱れている。なんの心配もない幸せな世界。苦しい労働もなく、心やすらかに仏の道を学ぶ。

しかし、そこでは酒も飲めないし、博奕も打てない。貧乏もないかわりに金もうけもない。下品な冗談を言いあって大笑いするのもはばかられる。どうも、なあ、というのが庶民の本音だっただろう。

もう一方の地獄となれば、そのイメージは強力だ。悪人はそこへ落とされて言語を絶する苦しみを受ける。その様子は難しい書物を読まずとも、寺の坊さんが絵解きでいやというほど教えてくれる。市場や道端で大道芸人がくりひろげる地獄の有様は、身の毛もよだつ凄惨さだ。

「極楽にはいけなくてもいいが、地獄にだけは絶対に落ちたくない」

というのが当時の庶民の切なる願いだったのだろう。

しかし、現実には、自分は悪人であると自覚して生きている。そうであれば当然地獄行きは必定だ。生きて地獄、死んで地獄、こいつはたまらねえ、というのが当時の人びとの本音だったにちがいない。夜も寝られないほど地獄のイメージがリアルにのしかかっていたのである。

さて、ひるがえって現代の私たちはどうか。自分自身のことをふり返ってみると、これはまごうことなきピカピカの悪人である。格好つけているわけではなく、本当に心からそう思う。

問題は地獄だ。死ねば宇宙のゴミになるかもしれない、と思ったりもするが、地獄へ落ちるという実感がない。

いまの時代の問題点は、だれもが地獄を考えず、感じないところにあるのではないだろうか。

親切な国での偏屈な生き方

東京五輪も、眞子さんの結婚も、衆議院選挙も、あっという間に過ぎて、マフラーが恋しい季節になってきた。

人流は変っても、時の流れは変らない。

そもそも「人流（じんりゅう）」という言葉が私は嫌いである。「人出（ひとで）」ではなぜ駄目なのだろうか。たぶん、いつのまにか常用されるようになった「物流」に対応させた表現だろうと思うが、人間をモノ扱いしているような感じで、見るたびに違和感があるのだ。

先日、ひさしぶりに不要不急の外出をした。股関節の不調が三十分で治るという本の広告を見て、書店に出かけたのだ。お目当ての本は売切れらしく見当らなかった。店員さんにきくのも、なんとなく気恥かしい。結局、文庫本を二、三冊買って帰ってきた。

それにしても繁華街の人出はすごい。東京都のコロナの新規感染者の数が手品のように激減したせいで、もうコロナは終ったという気分なのだろうか。

はたして第六波の感染爆発が再燃するか、それともこのまま尻すぼみにエンドマークが出るか、気になるところではあります。

地方での催事や講演会なども、ぼちぼち再開されるようになった。先日は熊本と徳島県の吉野川市へいき、ちかぢか松山と金沢に出かける予定になっている。

以前からどういうわけか四国に呼ばれることが多い。むかし高知の地方都市にいったとき、

「戦前、菊池寛先生がお見えになって以来の小説家のご来駕(らいが)で」

と言われたことがあったが、最近は飛行機で居眠りするまもなく着く。地方では、時に今どきめずらしいマニュアルシフトのタクシーなどに乗ることもあって、どこか懐しい感じがするのだ。


金沢は恒例の泉鏡花文学賞の授賞式に参加するためである。今年は満場一致で村田喜代子さんの『姉の島』に決まった。ベテラン作家の底力というものを痛感させられた鮮やかな作品だった。

鏡花賞は来年で五十周年を迎えることになった。新聞社や出版社など何の後援もない地方の文学賞がよく半世紀も続いたものだ。

第一回の受賞者に市役所の担当者が、

「この度、鏡花賞に決まりましたが、お受け頂けますでしょうか」

と、恐るおそる電話をすると、

「え？　教科書にのるんですか？　ぼくなんかの作品が教科書に採用されていいのかなあ」

と困惑されたのは、有名な昔ばなしである。

だいたい地方都市というものは、ハコモノというか、形に残るものを作るのには熱心だが、経済的に地元に還元されない事業に対しては、ほとんど関心がない。

一時期、地方文学賞が雨後のタケノコのごとく簇生（ぞくせい）したことがあったが、いつのまにやら姿を消したものも少くない。小樽の伊藤整賞なども、いわゆる文学ファンだけでなく、小樽に憧れる人びとの心情をどれほど支えてきたことか。

古い煉瓦の倉庫の風情も捨て難いが、それにも増して小樽の文化的イメージを高めた賞だったと、今も惜しむ声がしきりである。

先日、羽田空港で搭乗口まで歩く距離があまりに長いので、係の人に頼んでカートに乗せてもらった。左の脚だけでなく、右膝にも痛みが出てきて、杖をついても長時間の歩きが大変なのだ。

カートに乗せられて移動すると、これは実に楽ちんである。するすると音もなく滑っていくので、左右のショップなどを眺めながら空港観光の気分だ。

しかし、問題は移動があまりにも快適なことだ。これに慣れてしまうと、自力で荷物を抱えて歩く気がしなくなるのではないか。

政府も自助を強調している時代だし、やはり少々つらくても自分の脚で歩いたほうがいいような気分になってくる。

そこで、帰りは自分の脚で歩くことにした。一歩ずつ床を踏みしめて、歩数を数えて歩く。歩くことは健康の基本である。たぶん空港も、国民の健康をおもんぱかってこれほど長いアプローチを計画したのだろう。結局、高齢者にとって大事なのは、あまり周囲から世話をやかれないようにする、ということである。

機内でペットボトルの蓋を開けようと悪戦苦闘していると、隣りのビジネスマンが親

切に、

「お手伝いしましょう」

と、手を出してくれ、一気に蓋をねじ開けてくれた。

「どうも。ありがとう」

と、頭をさげて礼を言ったものの、どこか釈然としない気分が残った。ペットボトルの蓋がなかなか開かないときは、ハンカチを出して瓶の首に巻き、一気にねじると楽に開けることができる。

隣人への親切は大事だが、自力更生を試みる努力を温かくみつめる配慮も大事だ。要するに親切にかまい過ぎると、それに慣れてしまい、自力で何もできなくなるおそれがあるのである。

私はその後、空港でカートのお世話になることをやめた。三十分かかっても、ゆっくりゆっくり自力で歩く。周囲の隣人の優しさに慣れてはいけない、というのが最近のモットーの一つである。偏屈とは、こういう事か。

第六章　幻想のポストコロナへ

「口の時代」から「目の時代」へ

〈人の振りみてわが振り直せ〉

とは、昔よく耳にした諺だ。

〈振り〉というのは振るまいのことだろう。他人の挙止動作、発言などを見たり聞いたりして、わが身をただせ、というわけだ。

私たちは自分の欠点には意外と気がつかないものである。しかし他人のこととなると、いちいち気になったりする。

そのことを口にだして指摘できるかどうかが問題だ。よほど気を許した相手でないと、他人の発言や振るまいに注意をしたりすることはむずかしい。私自身、人に指摘されるとむっとする傾向があって、なかなか直らない。

相手の言うことが正しいとわかっていても、屁理屈をこねて突っ張ったりしてしまう。ものを食べるのが早過ぎる、とは若い頃からよく指摘されたことの一つだった。

子供の頃は、「よく噛んで食べなさい」と母親にいつも言われたものだ。年を重ねてからも、その癖は直らない。なにしろ戦争の季節に子供時代を過ごした世代である。いつ空襲警報のサイレンが鳴るかわからないではないか。のんびり食べていると、仲間に横からおかずを持っていかれかねない日常だった。戦後しばらくもそうだった。

再び発令された「緊急事態宣言」のことを「非常事態宣言」と言って笑われたりする。柳田国男は「常民」という言い方をしたが、私たち昭和ヒトケタ世代は「非常民」である。戦時中に「非常時」という言葉がよく使われたのだ。

非常時の子は、食べるのが早い。食えるときに食っておこうとするからガツガツくらう。フレンチだろうが懐石料理だろうが、手当り次第。九州弁では、そういう食べ方を「うち食う」という。賊を退治する感じがよくつたわる。

昔からおつき合いのある知人で、「琴線（きんせん）に触れる」というべきところを、「コトセンに触れる」と言う人がいた。「琴線」とは琴（こと）の糸のことだ。琴の音はどこか内にこもった感じがする。デリケートな深い感情に共鳴する心のありようをいう優雅な表現だが、コトセンではちょっとまずい。

注意しようかどうしようかと思いつつ、何十年かが過ぎてしまった。そこで注意できないのは、浅く長いおつき合いだからである。それともう一つ、自分も同じような間違いをおかしているのではないか、という不安からだ。

長年、文字を書く仕事を続けてきながら、知らない事や間違いを犯していることは、数えきれないほどある。たぶんコトセンの人も、私のミスを指摘できずにモヤモヤしていることが、多々あるのではないだろうか。

先日、マスクをして打ち合わせの席にでかけたら、

「そのマスク、裏表が逆です」

と、注意された。あわてて掛けかえようとしたら、

「あ、それはおやめになったほうが——」

と、あわてて止められた。

「もしかして飛沫がついてるかもしれないほうを口に当てるのは、まずいでしょう」

マスクの表裏ぐらいどっちでもいいだろうと反論しようとしたが、やめにした。だれもがやたらと神経質になっている時代なのだ。

だれもかれもがマスクをしていて、見分けがつかない、と言ったら、

「目を見ればわかるじゃありませんか。目は口ほどにものを言う、ってね」
と説得された。

私は子供の頃から人の目を直視するのが苦手だった。相手の内側にずかずか踏みこんでいくようで気になるのだ。目には服を着せられない。その人の裸の心がすけて見えそうで、つい視線をそらせてしまうのである。

皆がマスクをつけていると、相手と話すときに目を合わせるしかない。「目で笑う」という表現もあるし「目を三角にして」怒る、という言い方もある。マスク時代のコミュニケーションとしては、「眼技（がんぎ）」ということが重要視されることになるのではあるまいか。

私が最近、しきりと目に凝っているのは、「目の時代」が到来したような気がするからである。

これまで長く「口の時代」というものがあった。言ったほうが勝ち、といった風潮が時代を支配していたのだ。しかし、口舌の虚妄なることに人々は気づいた。マスクが流行して以来、「まなざしの時代」ともいうべき風潮が徐々にひろがりはじめているような気配がある。

先日、新聞を読んでいたら、最近、米国では「スマイズ」という言葉が見直されているという記事がでていた。どうやら「目で笑う」とか、「目で微笑む」といった感じの表現であるらしい。

これまで大口あけて笑っていたアメリカ人が、「目で微笑する」というのは、おもしろくもあり、ちょっぴり哀感もないではない。社会に内向きな感覚が生じてくると、「目」が注目されるようになってくるのだ。

「口の時代」から「目の時代」へ、というのがコロナの時代の後にやってきそうな予感がある。

私も年々おとろえてくる視力を、どんなふうに扱おうかと楽しみながら工夫をしているのだが、「目力」は回復する、というのがとりあえずの結論だ。そのことについては、あらためてご報告することにしよう。「口から目へ」、これが目下のテーマである。

奇妙な一体感の喪失

「先月、九十八歳になった」

と、若い編集者のQ君に自慢気に言ったら、

「八十九でしょう」

と、言下に訂正されてしまった。

「大丈夫ですか」

と、こちらの顔をうかがうように見る。

「なにが？」

「いや、まあ——」

と、言葉を濁すが、言わんとするところはわかっている。

「数字の間違いはボケの始まり、と言いたいんだろう」

「うーん、そういう事ではないですけど」

と、手を振って、

「でも、来年は九十歳ですよね。なにか自覚症状のようなものはないですか」

「ある」

「え、ある？　それはまずいな」

私はかなり前から新聞社系の某週刊誌に、写真入りの巻末コラムを連載させてもらっている。もう随分たつが、何年になるのか、何回書いたのか誌面を見ないとはっきりしない。

『五木寛之のボケない名言』というエラそうな題名だが、最近、困ったことがちょくちょくおこるようになった。

それは以前とりあげた名言を、うっかり再録して書いてしまう失策だ。

〈うむ、今週はわれながらなかなかセンスのある文章が書けたぞ〉

と、いい気になって送稿したところ、

〈この名言は一度とりあげてお書きになっておられます〉

と、編集部から連絡があったりするのである。たしかに何年にもわたって連載を続けていると、そういう事がおこりかねない。

しかしタイトルが問題だ。なにしろ『ボケない名言』である。書いている本人がド忘れしたのでは、雑誌の信用にもかかわるではないか。

そこで編集部とも相談して、これまでにとりあげた名言の一覧表を作ってもらった。これで大丈夫、と安心したが、問題は執筆の都度、ちゃんとそれを確認する事を忘れないかどうかだ。とりあえず机の前にセロハンテープで貼りつけておくことにした。


このところ台風一過というか、東京五輪もすみ、新内閣もできて、なんとなく時代の空気が変ったような雰囲気だ。コロナも急激に下火になってきたように報じられているが、はたしてどうだろうか。米国のコロナによる死者数が七十万人余と今朝の新聞には出ていた。

さらにコロナ感染者の後遺症が、さまざまに報じられている。発熱や呼吸困難が去ったあとでも、長期にわたっていろんな症状が残る事があるらしい。

しかし、コロナの後遺症は、身体だけに残るものなのだろうか。私は、どうもそれだけではないような気がしている。精神的、というとおおげさだが、なにかえたいの知れない後遺症が人びとの心のどこかに残るような気がしてならないのだ。

たとえば最近、マスクを外している人をときどき見かけるが、なんとなく無気味な感じがしてしまうのは、私だけだろうか。

顔の下半分が露出しているのを眺めると、どこか正視しがたい感覚があるのだ。

たとえは悪いが、人前でパンツを脱いだ人物を目撃したような、気恥ずかしさと無気味さをおぼえるのである。

口や鼻は、いわば顔の下半身のようなものだ。それを露呈して人と接するのが気が引ける感じがしないでもない。

マスクをして、額と眉と目だけを見せている人の顔は、男も女も、老いも若きも、どこか凜々(りり)しく、高潔な印象である。それがマスクを外したとたんに動物の本性がむきだしになる感じなのだ。

国民すべてがマスクをしていた時代には、気くばりがあり、自粛という自己抑制があり、共同して敵にあたるという連帯感があった。国別の感染者数と死者の数をかぞえて、国家、国民という意識を無意識に感じていたのである。

敗戦後、七十有余年、日本人がこれほどの一体感をおぼえた時代はなかったのではあるまいか。

コロナが終ると、私たちはマスクを外す。そしてひとりひとりがバラバラの個人にもどる。

〈老いも若きも〉という言葉が戦時中に流行ったことがあった。老人も若者も、一体となってお国のために献身した時代だった。

コロナの流行には、そういう一面があった。コロナ禍終焉ののち、私たちはやがてマスクを外すだろう。そして個々バラバラの孤独社会を生きることになる。

少数の若者世代が多数の高齢者の年金を負担する時代には、老人と青年はお互いに対立者とならざるをえない。

一部の特権的富裕層に対する大衆の憧れは、憎悪に転ずることになるだろう。階級対立の理論よりも、ルサンチマンの暴発が問題だ。

コロナが去ったあと、マスクを外したときに、私たちが迎えるのは、必ずしも〈夜明け〉ではないのかもしれない。

国民の一体感が失われ、対立が露呈する時代。

そういう時代を生きるには、多少ともボケ気味の状態が良いのかも、と思うときがないでもない。

　コロナが去り、すべての人がマスクを外す時代は、はたしてどんな世の中になるのだろうか。

予測できない時代の不安

テレビのニュースをみていたら、コロナ感染者の数がびっくりするほど減っている。なんだか手品でもみせられている感じだ。東京都の新規感染者が十数人だなんて、本当だろうか。

それでも誰もがマスクを外そうとしないのは、たぶん心の中に第六波感染爆発への不安があるからだろう。

それにしても米国やヨーロッパで、最後までマスクを拒否して頑張った人たちが少なくないのには驚かされた。面倒くさいからではなくて、自分の信念にもとづいてマスク着用拒否をつらぬいた人びとである。

ノーベル賞の真鍋先生のアメリカ好きというのも、そういう気風が合っていらっしゃるのだろう。同調圧力がないというのは、学者、研究家にとっては、さぞかし具合いがいいにちがいない。

もちろん、どの国だって自由勝手というわけにはいかないはずだ。しかし、マスク着用を拒否しても暮らしていける社会の強さというものはあるのではないか、とも思う。たとえば愛国者も徴兵忌避者も、勇気や誠実さの度合いではなく、主義主張の違いとして受け入れられる国だ。国民皆マスクで一丸となる世界と、どちらが極限状態に強いかはわからないような気がする。

考えてみると、私が長年の夜型人間から朝型生活者へと激変したのも、コロナの蔓延によるところが大きい。深夜に食事をする場所がなくなったことから、自然に夜行性生活が変化してきたのである。

「夜型から朝型に変って、書くものに変化はありませんか」

と、よくきかれる。深夜に執筆していると虚無的、内向的で、朝に書くものは健康的で明かるい、などということはない。昼間でも部屋のカーテンをしめきって暗くすれば同じことだ。

べつに文体も変ったとは思わないし、比較的、締め切りにおくれないようになったぐらいの変化だろう（などと言いながら、ある社だけめちゃめちゃおくれるところが出てきた。これは不思議である。コロナがおさまったら、はたしてどうなるのだろうか）。

もし、このままコロナがおさまっていったとして、その後の私たちの生活はもとにもどるのだろうか。

私はもどらないと思う。たぶん大きな変化が後を引いて残るのではあるまいか。

たとえば交際費などというものは、大幅に少なくなるだろう。なにも飲み食いして接待などしなくても、仕事はとりあえず進むのだとわかってしまったのだ。

出版の世界でいうなら、編集者と著者がつるんで毎日、打ち合わせだのなんだのしなくても、本はちゃんとできる。リモートやメールで十分ではないか、というわけだ。

私はこれまで一冊の本を作る際には、年がら年中、喫茶店とかホテルラウンジとかで長時間お喋りをするのが常だった。深夜のレストランで、本のオビの文句について朝まで議論したりもした。

仕事以外の雑談もする。要するに不要不急の時間を延々と浪費して一歩ずつ仕事をこなしてきたのである。

うーん、と腕組みして何時間も黙って向き合って過ごしたこともあるし、喧嘩腰になって別れたこともあった。

そんなふうにして一冊の本ができ、一篇の小説ができたのだ。綱渡りのような仕事もした。

そんな無駄はなくなるだろうと思う。万事、無駄をはぶき、余計な経費は圧縮されるだろう。

デジタル化は時代の趨勢である。その流れは止められない。

しかし、趨勢というのは、すべてということではない。九十パーセントぐらいが趨勢ならば、十パーセントの例外も残る。

その十パーセントの剣(つるぎ)の刃渡りに賭けようというドン・キホーテのような人は必ずいるものだ。それはギャンブルみたいなものである。しかし、世の中から酒とギャンブルがなくなることはない。

コロナがもし過ぎたとして、その後にくる世の中はどういう感じになるのか。

たぶん九十パーセントの確率世界と、十パーセントのギャンブルの世界になるだろう。

私はマスクをする生活を、さほど不自由とは感じなかった。そこに一種の匿名性の自由が感じられたからである。

昔の忍者やアウトローは、覆面をしている場合が多かった。あの覆面姿には、なんとなく自由な感じがあったと思う。ひょっとすると、コロナ流行時の、マスク生活を懐しく思う人も出てくるのではあるまいか。

マスクは人の自由を圧迫するものではなくて、むしろ個人を、共通の運命のもとで自由にするものなのかもしれない。

新型コロナの流行は、ある意味で国民の一体感を高める現象をもたらした。敗戦以来、個々バラバラの私たちが、ひさびさに国民的連帯感をおぼえたのだ。

一日もはやくコロナの悪夢から覚めたいと思いつつ、その後の世界を想像すると一種のたじろぎを覚えないではいられないのである。

予測できない時代に生きる不安が、いま私たちの周囲に色濃く立ちこめているようだ。

「令」におとなしく従う時代

このところ外で会食をする機会が、めっきり少くなった。少くなったというより、ほとんどなくなってしまった、と言ったほうがいい。

コロナが蔓延する以前は、同業の文筆家と会食をする機会がしばしばあったものである。文学賞の選考会で激論をたたかわせたあと、皆と一緒に食事をするのが楽しみだった。

作家仲間と肩の荷をおろしたような気分で、たあいのないお喋りに興じる。酒や食事は二の次といった感じだった。

それがこのところ、すべて会食抜きである。選考が終ると、「それでは」といっておひらきになる。そもそも選考会そのものが、リモートなのだ。昨日おこなわれた選考会では、出席者は私ひとり、それに主催者側からひとり、あとは全員リモート出席という孤独な会であった。終了後、お弁当の包みを頂戴して帰ってきた。

このところ「会食」というのが目の敵(かたき)にされている。そもそも会食とは何なのか。簡単な辞書では、〈集って食事をすること〉と、まことに簡単に説明してある。しかし、はたしてそれだけだろうか。

私は、会食というのは〈会話をしながら食事をすること〉と考えている。むかしは何かというと、

「こんどメシでも食おうか」

と、いうのが挨拶がわりだった時代があった。メシはつけたしで、ゆっくり話をしようじゃないか、という意味である。

このところときどき見かける言葉に、「黙食(もくしょく)」というのがある。「黙食のすすめ」などという新聞記事もよく見かける。

「黙食」。すなわち無言で食事をせよ、という話だろう。また「孤食」という言葉もできた。そのうち「絶食」なんてことにならなければいいのだが。

「三密」にかわって、「三食」というのがタブーとされそうな感じである。

「会食、外食、えーと、もう一つショクのついた言葉はないのかな」

と、考えたら、ふと「好色」という言葉が頭に浮かんだ。しかし、これはちがう。「色」ではなくて「食」の話である。そうだ、食べ過ぎはいけない。これからは、「会食・外食・飽食」の三つが「三食」として自粛目標にされるのではあるまいか。息苦しい時代になったものだ。

などとステイホームを遵守していると、不要不急の妄想をくりひろげるしかすることがないのである。仕方がないので（失礼）、新聞を読む。そういえば先日、気になる記事があった。

〈女性と若者に自殺者が多く、男性と高齢者にコロナ死が多い〉という話である。

厚生労働省の発表によれば、昨年（二〇二〇年）の自殺者の数は、二万九百十九人。十一年ぶりに自殺者が増加したという。気になるのは女性の自殺が十五・四パーセントも増えたというくだりだ。

私は政府や官庁の公式発表の数字は、ほとんど信用していない。戦争中に大本営発表というやつに散々だまされた世代の後遺症である。都合のいい数字は半分、都合の悪い数字は二倍ぐらいと考えてちょうどいいのだ。

末端からあがってくる数字が、そもそも問題ありなのである。集計して報告する事務方がいかに正確を期しても、基礎になるデータがいい加減ではお話にならない。私は学生時代に市場調査や世論調査のアルバイトを随分やってきたので、情報収集の現場がどういうものかを身にしみて知っている。その資料をもとにして、いかに精緻な理論的分析を試みても、ほとんど意味がないではないか。

　コロナ死者の数も、自殺者の数も、こんなものではあるまい、と心の中でつぶやきながらニュースを聞いている。

　人はなぜ自殺をするのか。

　哲学的な意見はいろいろあるだろうが、私は単純素朴に、カネと病気が一般的な要因だと考えている。すべて、と言っているわけではない。一般的な、ということだ。

　だからコロナ対策よりも経済優先と言ってるじゃないか、と叱られそうだが、首をすくめて引っこむ気はない。経済の現状を素直に眺めてみるがいい。新型コロナの猖獗（しょうけつ）によって、貧富の格差は目に見えて拡大しているではないか。

「株をもってる連中はいいなあ」

　とは、一般窮民すべての自嘲気味のため息である。

それでもわが国の国民は温厚である、とつくづく思う。いや、それは最近のことだ、と指摘されたことがあった。昔の日本人はそうではなかった。フランス人やロシア市民に負けず「物言う民」だった、というのである。

しかし、「令和」という年号を目にしたとき、理由もなく感じたのは、「令」と「和」の対比だった。そして、「令」という文字の本来の意味とはべつに「令におとなしく従う時代」、という感じがするとどこかに書いて叱られたことがあったのを思い出した。

高層ビルが崩れる？

先日、ある高層ビルの最上階から東京の街を展望した。

右から左まで巨大なビルで埋めつくされている。ニューヨークや上海ほどではないだろうが、林立する高層ビルの威容は、息をのむような眺めだった。

ふと頭の奥で、それらの巨大ビル群が一挙に崩壊するイメージが浮かび、あわてて打ち消した。戦争中ではあるまいし、そんなことが起こるわけはないではないか。

妄想をふりはらうように首を振って、あらためて全景を展望する。目下、建設中の巨大ビルもいくつかあって、赤いクレーンがゆっくりと動いているのが見える。この巨大なビル群は、日一日とさらに成長を続けているようだ。

しかし、と、ふと思う。もし、いま突然大災害でも発生すればどうなるのか。

首都直下型地震の予測は、これまで何度となく繰り返されてきた。富士山噴火や南海トラフ地震についてもそうだ。専門家が語る大災害の可能性は、それなりのエビデンスにもとづいたものだろう。

もし、近日中に、それが起きたら、と考えると一瞬、目の前の景観が一変した。

これらの巨大建築を計画し、その建設を進めている企業家たちは、そういった不測の大災害を想像もしていないのだろうか。

それとも、その時はその時、と図太いニヒリズムに支えられて計画を遂行しているのか。

こうして眺める壮麗な大都市は、わずか七十数年前には焼け野原だったはずだ。戦争末期には国会議事堂前でカボチャが栽培されていたという。関東大震災のときの浅草十二階ビルの崩落の写真も見たことがある。

いつ、何が起きるかはわからない。いや、ある程度はわかっている。それはマサカの事態は必ず発生する、という事実だ。

それは単なるマサカの事態ではない。専門の学者たちが、それなりの研究によって予測している未来なのである。

そんな事を考えながら、ふと古人の言葉を思い出した。兼好法師が『徒然草』のなかで述べていたような記憶がある。

それはおおむね、こういう話だった。

もし金儲けをしようと思うなら、余計なことは考えないほうがいい。たとえば世の中が激変するとか、マサカの事態が起こるとか、そんな事は思わずに、この世の中はいまのままずっと続くのだと腹を決めるべきである。

まあ、正確ではないと思うけど、兼好法師の言わんとするところを忖度（そんたく）すると、そういうことだろう。

たしかにそれは一理ある考え方だ。明日にもこの世が引っくり返るかもしれない、などと考えていたのでは長期投資などできるわけがない。

いまならさしずめ、資本主義社会は今後もずっと続く、と覚悟してビジネスをせよ、というのである。一説によると、兼好法師その人も、なかなかの資産運用の名手であったとか。

マサカの事態はおこる。世界は常にマサカ、マサカの連続だ。しかし、それを承知で、この世界のシステムは変らない、と確信せよと彼は言っているのだろう。

新型コロナ禍がこれほど長く続くとは、私も想像していなかった。菅内閣がこれほど短命に終るとも予想できなかった。英国、ソ連などに続いて、米国がアフガンで敗れるとも思わなかった。世の中は日々、マサカの連続である。

しかし、その現象面を貫く「太き棒のようなもの」がある。それは変転をくり返しながらも、この世は続いていく、という感覚である。

そう言ったら、友人から笑われたことがあった。

「温暖化でこの地球があやうい。それは空想ではなくて、予想可能な未来なんだぜ」

言われてみれば、たしかにそうだ。図太い資本主義も世界で歩調を合わせて脱炭素化をめざしている。

そんな事を考えながら、高層ビルの上階のガラス戸を開けてベランダに出た。エアコン以外の空気を吸いたくなったからだ。

すると、どこからともなくプーンという音がきこえて、一匹の蚊が私の手の甲にとまり、チクリと刺した。

こんな高いところにまで都会の蚊は上昇してくるのだろうか。昔は藪蚊（やぶか）などといって、地上の繁みあたりでウロウロしていた蚊である。

蚊も高層化していく都会の環境に適応して進化しているのか。手の甲にポツンと赤い点ができて、かゆい。果敢に高々度飛行を試みた蚊の勇気に免じて、ピシャリとやったりせずに血を吸わせた名残りである。

〈おまえさんも苦労してるなあ〉

という気分だった。

現在、街はにぎわっている。コロナの夜が明けつつあるような気分らしい。専門家からは人々の気のゆるみを警戒する発言もあるが、世間の空気はすでに台風一過という感じだ。

このところ「人流」という聞き慣れない言葉が氾濫したが、いまは「人心」が大きな流れをつくっている。もう、我慢も限界、そろそろスカッとしようぜ、という気分である。

事態がどう進むかは予想がつかない。マサカ、マサカの連続に、いささか疲れた感じだ。無人機のように高空を飛ぶ蚊のたくましさを、ふと羨ましく感じた秋の午後だった。

世の中　オーライだぜ

昔、戦時中によくうたわれた歌に、

〽どこまで続く泥濘(ぬかるみ)ぞ

というのがあった。一応、軍歌というスタイルはとっているが、現場の兵士のうんざりしている感じがうかがわれるいい歌だった。

最近、ふっとその歌の文句が口をついて出てくるのは、コロナウイルスとの泥沼の長期戦に疲れたせいだろうか。

「八方塞(ふさ)がりだね」

と友人に言ったら、

「まだ二方、空いているじゃないか」

と笑われた。たしかに仏教には「尽十方(じんじっぽう)」という言葉があるから、出口がないわけではない。

とはいうものの、このところ若い世代の自殺が増えているという。それだけではない。最近、子どもの「鬱」があちこちで問題になっている。

私たち戦中世代の子供たちに、将来なにになりたい？　ときけば、機関車の運転士、と答えたりするのが普通だった。

戦後はそれがプロ野球選手だったり、芸能人だったりもした。ところが最近の保険会社の調査では、小学生男子が将来なりたい職業のトップは、なんと会社員だそうである。二位がユーチューバーというのはわからないでもないが、会社員が夢、という時代になったのだ。「正規の」と上に条件がつかないだけまだましだろう。

そんな子供たちが「鬱」を感じるというのも、無理からぬことかもしれない。夢と現実とが、重なってしまっているのだ。

一方、書店では老後の生活プランに関する実用書が所せましと並んでいる。

老後はまだしも、死後の手続きや遺産相続の手続きなどに関するハウツウものが目立つのも御時世だろうか。世を去るのも苦労なことだ。

上野千鶴子さんの「おひとりさま」シリーズが、よく読まれているらしい。「孤独」と「回想」もブームである。政府は孤独・孤立問題担当相などという役職を作るそうだが、初代の担当相は誰が選ばれるのだろうか。

中学、高校と、少年のころ私も孤独だった。引揚者で方言が話せなかったからである。

そんなわけで、自然と本の世界に逃避するようになった。小説も読んだが、よくわからないところもあって、なんとなく簡単な詩の世界に逃避することが多かった。上田敏とか高橋健二とかいった人の翻訳の詩を、隠れてこっそり読んだ。同級生にみつかると、「なんば読んどっとね。あ、こげん女女(めめ)しかもんば読みおって、ぬしゃほんなこつシコっとるばい」と、取りあげられそうだったからである。

「シコる」というのは「気障(きざ)な」とか、「恰好つけて」とかいった語感の方言である。

当時の記憶がいまだに残っているのは、やはり声にだして読んだせいだろう。

〈しばし待て　やがて汝(なれ)もまた憩(いこ)わん〉

というのは、その当時の私の「鬱」の特効薬だった。

学校の英語の授業で教わったロバート・ブラウニングの詩の一節も、いまだにふっと口をついて出てきたりする。

〈日は朝（あした）　朝は七時
片岡に露みちて
揚雲雀（あげひばり）名のりいで
蝸牛（かたつむり）　枝に這（は）い
神　空にしろしめす
すべて世は　事もなし〉

この〈すべて世は　事もなし〉の部分、〈オールズ　ライト　ウィズ　ザ　ワールド〉という文句は、その後ずっと私の頭から消えなかった。

「鬱」におそわれて生きるのがいやになったりすると、ふっとその文句がよみがえってくるのである。

〈All's right with the world〉

私は神を信じているわけではないが、なにか理屈を超えたものが存在することは感じている。

〈オールライト〉という言葉が、行き詰ったときに、ふっとどこからかきこえてくるのだ。

　昔はバスの車掌さんは女性だった。終点で車が方向転換したりするとき、車掌さんは車の背後に立って、「オーライ！　オーライ！」と手を振ってドライバーに合図をしていた。その「オーライ」という声が、どん詰まりに立ったとき私の耳に響いてくるのである。

「世の中、オーライ、オーライだぜ」

　コロナに限らず、八方塞がりの現実はくり返しやってくる。そんなときに、ふと呟いてしまうのだ。

「なんとかなるさ。世の中、オーライだぜ」と。

初出・『週刊新潮』連載「生き抜くヒント！」

五木寛之　1932年福岡県生まれ。作家。『蒼ざめた馬を見よ』で直木賞、『青春の門 筑豊篇』他で吉川英治文学賞。近著に『私の親鸞』『一期一会の人びと』など。

Ⓢ新潮新書

941

背進の思想（はいしんのしそう）

著者　五木寛之（いつきひろゆき）

2022年2月20日　発行

発行者　佐藤隆信

発行所　株式会社 新潮社

〒162-8711　東京都新宿区矢来町71番地
編集部(03)3266-5430　読者係(03)3266-5111
https://www.shinchosha.co.jp

装幀　新潮社装幀室

印刷所　大日本印刷株式会社

製本所　加藤製本株式会社

ISBN978-4-10-610941-6　C0210

価格はカバーに表示してあります。